SINA
POUSSET

Schwimmen

ROMAN

ü nf

Für euch vier, für alles.
Für M., fürs Dasein.
Für A., für die Ermutigung.

Und für Sabine
zum 51. ♡
von K[illegible]in und
Jörg

Montag

Die Stadt ist groß an diesem Morgen. Eine Frau fährt auf dem Fahrrad durch den Montag, an Autoreifen und Ampeln vorbei. An der Seite tippelt ein knöchelhoher Hund über die Straße, um den Hals trägt er ein grünes Band mit kleinen Lichtern. Die Frau ist in einen Schal gewickelt, ihr langer schwarzer Mantel flattert im Wind zusammen mit den braunen Haaren. Ihr Name ist Milla Anton. Sie holt Schwung am Berg. Hält eine Hand an einen Kinderrücken. Ein kleines pinkes Rad, ein roter Helm und blonde Locken. Die Stadt ist groß an diesem Morgen. Sie stößt Rauch in Millas Lunge und kalte Luft, die brennt. Der Montag hat den Sonntag abgelöst, es war ein kurzes Wochenende. Keine Zeit zum Nägelschneiden, nur Wäsche waschen, den Müll runterbringen und den Nachbarn im Flur grüßen, ein paar Bässe durch die Wand wummern hören, nachts aufstehen, weil Emma weint. Es ist ein Alptraum. Der kleine Körper krabbelt zu ihr ins Bett und drückt sich an sie, Milla macht ihr heiße Milch und riecht an ihrem Haar. Sie riecht nach

Honig, immer. Honig und Vanille. Der Schlafanzug ist ausgeleiert, die Dinos darauf sind verblasst, Emmas Augen rot. Wenn Milla sich im Spiegel sieht, sieht sie Augenringe. Die Zeitung hat sie abbestellt. Zeitung und Schlaf haben einem blonden Mädchen mit Ringelsocken Platz gemacht. Jeden Morgen, Montag bis Freitag, hat Milla die Hand an Emmas Rücken und schiebt sie den Berg nach oben bis zum Kindergarten. Das sieht man. Am genauen Abstand zwischen den zwei Rädern, ohne Schlenker. Eine kleine Einheit, kein Stocken, kein Müdewerden in den Beinen.

Sie sind spät dran. Als sie in den Klosterweg abbiegen, ist es schon Viertel nach. Emma hält Millas Hand und erzählt atemlos, was sie alles denkt. Vögel singen.

Schlafen die Vögel denn nachts, Milla?

Ja, die schlafen nachts, so wie du. Und dann stehen sie mit der Sonne auf.

Warum fallen die dann nicht vom Baum?

Die sind das gewohnt, auf dem Baum schlafen. Du fällst ja auch nicht mehr aus dem Bett.

Emma gluckst, ganz hell, und reibt sich die Augen.

Und wo sind die Vögel zu Hause, Milla?

Milla sagt sie, nicht Mama.

Da, wo sie sich wohl fühlen, da bauen sie ein Nest.

So wie du?

Ja, so wie ich.

Sie laufen die niedrigen Stufen nach oben, es kleben Sonnen und Blumen an den Fenstern. Drinnen grelles Licht. Vielleicht wird Emma sich daran erinnern, später. Wie grell das Licht hier immer war, morgens, und alle sahen so blass aus, auch die Erwachsenen. So müde. Es gibt hier rote Wachsdecken und gelbe Plastikbecher, ihren Lieblingsteller und die Schublade voll Ersatzklamotten, und es stinkt auf den kleinen Klos. Das hat sie Milla schon erzählt. Vielleicht wird Emma sich daran noch erinnern, wenn sie das ist, was die Erwachsenen groß nennen. Wie sie im Sommer zelten auf der Wiese und es manchmal Milchreis gibt oder Kroketten. Wie gut warme Milch schmeckt, wenn man ein paar Zentimeter kleiner ist. Wie viel Spaß es macht, Arm in Arm mit Martha über den Hof zu hüpfen, bis das Herz schnell klopft und der Atem tief wird. Wie sehr es weh tut, wenn jemand tuschelt und lacht.

Frau Anton. Guten Morgen. In Frau Herolds Stimme klingt dunkel der Vorwurf. Frau Anton, nicht Milla.

Guten Morgen.

Statt Dinge zu erklären, die sich schon von selbst klären, zieht Milla lieber Dinge aus. Den Helm, die gelbe Jacke, sie schnürt die Stiefel auf und streicht dabei über Emmas Ringelsocken. Ein Kuss! Milla gibt ihr einen Kuss auf die zarte Wange, noch einmal Nase putzen und Vanillehaar einatmen, dann raus auf die Straße.

Weiter, zu Manuskripten und dem Chef, der seit zweieinhalb Monaten einen schlechten Tag hat. So lang schläft er schon auf der Couch. Hoffentlich fängt er wieder an zu trinken, hat Emil gesagt. Hoffentlich fängt er wieder an zu rauchen, hat Milla gesagt. Aus den Raucherpausen kam er mit roten Backen wieder, jedes Mal. Ein paar stille Minuten mit Frau Forster aus dem Sechsten.

Sie fährt Rad und atmet und findet den Rhythmus nicht. Heute nicht. Es geht schwer, und die Leute überholen sie. Die Ampel wird rot, es strömen Menschen vorbei an den Autos, Radfahrer klingeln, ein Bus brummt hinter ihr, dahinter surrt eine Bahn. Durch die Stadt klingt der Stau. Ein Mann telefoniert über die Freisprechanlage und raucht. Das Fenster ist offen, einen Spalt, und seine Worte werden zu Milla auf die Straße getragen. Er sitzt in einem Auto, dessen Räder Milla bis zur Hüfte reichen. Heute Abend gibt es Gans bei Peter, bringst du den Wein mit. Seine Frau. Jaja. Der Peter mag den Barolo so. Jaja. Passt aber nicht zur Gans. Doch, doch. Er legt auf und fährt heute Abend ohne Wein nach Hause. Milla schaut nach unten und sieht ihren Platten. Nicht heute.

Sie steigt ab und drückt sich an die nächste Mauer, der Strom fließt auf der Straße ohne sie vorbei. Sie bückt sich und hätte gern, dass ihr auch mal jemand die Nase putzt. Sie wischt sich mit dem Handschuh über das Gesicht, hantiert in ihren Kleiderschichten, plötzlich ist ihr heiß, so heiß. Das Ventil geht auf, Gott sei Dank, und Milla pumpt, so gut sie es mit ihren engen Ärmeln kann. Der Reifen wölbt sich, genug für den Rest des Weges. Weiter. Sie muss weiter. Sie greift nach der Ventilkappe in der Manteltasche, aber ihre

Finger stoßen auf mehr, Papier. Sie zieht es hervor. Auf dem Zettel ist Jans Handschrift. Milch, Tomatensoße, Orangen und Eier. Das wollte Jan mal einkaufen, als sie noch zusammenwohnen in der kleinen Wohnung unterm Dach, er ihr nachts Spaghetti kocht, das Radio anmacht und mitsingt beim Brot schneiden, alles nass macht beim Duschen und er atmet und sein Herz schlägt. Die Eier hat er durchgestrichen. Es ist sein alter Mantel, den Milla heute trägt, das erste Mal seit vielen Jahren. Es sticht, und Milla wird schlecht. Sie liest Jans schiefe Worte auf dem Papier mit ein paar Rissen, bevor der Montagmorgen vor ihren Augen verschwimmt. Einen Moment steht sie still. Sie hält es fest, das unverhoffte bisschen Jan. Dann steuert sie auf das große grüne Licht zu und lässt sich vom Strom auf die Straße tragen. Weiter. Sie muss weiter.

Fast zehn Uhr, als Milla über den glatten Steinboden geht, auf dem sich die Salzflecken ausbreiten. Sie durchquert die Halle, grüßt den Pförtner, der dasitzt, bevor sie kommt und nachdem sie geht, an dessen Anzug ein goldener Knopf fehlt, dort, wo sich sein Bauch am meisten wölbt, und mit dem sie in der Mittagspause manchmal ihren Apfel teilt. Frau Milla, wie geht's? Seinen Blick sieht sie nicht.

Sie steht im Lift und hält den warmen Zettel in der Hand. Der Fahrstuhl fährt mit ihr und anderen nach oben, Aftershave und gekämmtes Haar, Kaffee und Pudelmütze. Die Anzeige zeigt zwei, dann vier, dann fünf, die Tür geht auf. Grauer Teppich und gelbes Halogen. Millas Stockwerk. Sie steigt aus. Von hier oben kann man die Dächer sehen.

Ein paar Schritte, und Milla steht vor ihrem Zimmer. Auf der weißen Tür steckt ihr Name in einem Plastikschild, provisorisch wie so vieles hier. Dahinter ist noch alles so wie Freitag. Die Regale voller Bücher, der Wasserkocher auf dem Sideboard. Papierstapel, ein paar Kaffeeflecken, Krümel, Notizen, ein Energyriegel auf Millas Schreibtisch. Der Platz gegenüber ist leer. Tijs ist im Vaterschaftsurlaub. Nur seine Kopfhörer hat er vergessen und sein altes kariertes Sakko an der Tür. Sachen. Das war für sie am schlimmsten, fast. All die Sachen, die Jan zurückgelassen hat, an all den Stellen. Seine Haare auf ihrem alten Pullover im Schrank, Postkarten an der Wand, alles Jan. Seine Fahrradpumpe. Der Blazer, den sie nur gekauft hat, weil er mal gesagt hat, Dunkelblau sei zeitlos.

Milla schaut aus dem Fenster. Bei einem der Altbauhäuser steht eine Palme in Schutzfolie auf dem Wohnzimmerbalkon. Ein Mann in Anzug raucht hier manchmal, schaut auf die Uhr, kippt den Kaffee mit einem Ruck, streicht die Haare glatt und schließt die Tür. Ihn sieht Milla selten, er ist einer von den Menschen, die immer früh dran sind, bei der Arbeit, wahrscheinlich auch an der Kinokasse und bei der Silvesterplanung.

Nur ein Mal hat er verschlafen. Es lag ein gelbes Kleid auf dem Fußboden im Wohnzimmer neben seinen schwarzen Schuhen, der Aschenbecher stand voll neben den Weingläsern auf dem Balkon. Milla hat neben Korrekturen und E-Mails immer wieder hochgeguckt und die Frau beobachtet, die ein paar Stunden später in der fremden Wohnung erschien. Fühl dich wie zu Hause, vielleicht hat er das gesagt. Dann ist er verschwunden, ins Büro. Sie war ein gutes Stück älter als er, die Frau mit dem gelben Kleid. Sie stand kurz vor dem Balkonfenster, die Arme hinter dem Rücken ausgestreckt, ohne Socken und im Männerhemd. Er hat immer frisch gebügelte Hemden, das weiß Milla, zweimal die Woche kommt jemand für die Hausarbeit. Vielleicht bemerkt an diesem Morgen keiner im Büro das verknitterte Jackett und das zerzauste Nackenhaar über dem gestärkten Kragen. Heute ist niemand in der Wohnung. Millas Blick schweift. Alles ruhig hinter den Fenstern gegenüber, ein Kinderzimmer, ein Frozen-Poster und eine große Obstschale auf einem runden weißen Küchentisch. Spitzenvorhänge und Holzmöbel daneben, Kunstprint gegen Waldmotiv in Öl. Eine lange Knoblauchstange am Fenster, Petersilie und Basilikum. Eine aufgeschlagene Zeitung auf dem Tisch, Schlappen auf dem Balkon.

All das kann Milla von ihrem Schreibtisch aus beobachten, der über der Stadt schwebt wie ein Aussichtsturm aus Glas. Es ist ihr Platz. Sie hat Socken in der Schublade, an denen sie strickt, wenn ihr die Augen zu sehr weh tun. Das kann Milla, ohne hinzusehen. Sie schließt die Augen oder schaut über die Stadt, die Dächer und Balkone, die engen Gärten und die Blumentöpfe. Sie sieht, wie mit der Sonne die Lichter an- und ausgehen. Die Menschen rausgehen. Weg sind und wieder da, manchmal. Neben Millas Schreibtisch klebt ein Foto von Emma an der Wand, ein großer behaarter Arm ist um sie geschlungen, fast könnte es Jan sein, aber es ist Millas Vater.

Milla streift ihre Tasche von der Schulter, schält sich aus den Schichten und macht sich einen Tee. Sie wartet. Alles ruhig. Chef ist in der großen Besprechung. Chef. So heißt Melzer hier, er ist Abteilungsleiter. In der Montagskonferenz sollte Milla jetzt auch sitzen, Luftraum füllen, Notizen machen. Präsenz zeigen, nennt Chef das. Milla wartet stattdessen. Milla ist M. Auch weil sie immer Ähm sagt, wenn sie überlegt. Oder Mi. So wie heute. Mi, das kommt von der Tür – sie kann nichts tun, sie steht so da, wie sie ist, am Fenster, mit dem Tee in der Hand. Und lässt es passieren, eine Sekunde länger ruht sein Blick auf ihr. Heute erst um elf, wegen Buckmann, ja? Dann ist er aus der Tür. Buckmann. Der große Chef hat einen roten Kopf und muss deswegen zum Arzt. Dann kommt er zu spät und schnauft. Er raucht seit achtunddreißig Jahren Kette, sein Büro riecht wie eine Clubtoilette, reimt Milla im Kopf. Um elf also. Fast eine Stunde Zeit. Manchmal kriegt man von irgendwoher Zeit geschenkt. Sonst lässt sie um diese Uhrzeit ihre Hände und Augen machen, was sie sonst so tun, wofür sie bezahlt werden, E-Mails schreiben und lesen. Heute schaut Milla aus dem Fenster. Trinkt den Tee. Und dann noch einen. In der Wohnung gegenüber tickt die Küchenuhr über einer ungeliebten Zimmerpflanze. Das Geschirr stapelt sich in der Spüle. Im selben Haus gehen unten beim Bäcker die Menschen ein und aus. Die Bäckerin hinter der Theke lacht beim Bedienen, sie hat Falten in den Augenwinkeln davon. Das sieht Milla, wenn sie sich manchmal Einback in der Pause kauft. Nicht immer Zeit für warmes Essen.

Milla setzt sich an den Tisch, schaut auf den Stapel, den Bildschirm und zurück. Schaut auf die Uhr, auf der sie die Stunden verstreichen sieht, fast jeden Tag seit fast drei Jahren. Fast jeden Tag wird der Stapel größer, obwohl es dem Verlag nicht gutgeht. Sie verlegen jetzt auch E-Books, bieten Dienstleistungen an, für Menschen, die selbst verlegen wollen. Und jetzt zeigen wir den Idioten auch noch, wie's geht, hört sie Melzer murmeln. Der hohe Stapel liegt vor Milla. Sie erinnert sich noch, dass sie es aufregend fand, ein ganzer Turm voller neuer Ideen, dazwischen einen Schatz zu finden, manchmal Gänsehaut zu kriegen nach den ersten Absätzen. Ein paar Mal war das so. Jetzt liest sie oft mechanisch, schnell, über ein paar Seiten, liest Kapitel an, manchmal nur den ersten Absatz. Draußen spiegelt sich der graue Himmel in den Fenstern. Der nächste Tee ist leer, ein nasser Beutel klebt am Grund. Milla schaut auf die Umschläge vor ihr, die meisten weiß, manche Adressen handgeschrieben, manchmal mit Exposé oder, selten, mit der Schreibmaschine abgetippt wie ein Roman über einen Historiker, der seiner Jugendliebe jeden Abend nach Hause folgt und der nach Kapitel zwei den Faden verliert.

Das Papier schlägt gegen Millas Nägel, sie fährt mit dem Finger an den Umschlägen entlang. Ihr Blick bleibt an einem dunklen Grau hängen, zerfledderte Ecken und ein Fettfleck am Rand. Sie zieht den Brief aus dem Stapel. Er ist immer noch da. Sie kennt die Adresse. Die Handschrift, die engen i-Punkte und wie die Buchstaben sich nach rechts schieben, als hätten sie es eilig. Manche Linien weich, ein bisschen unsicher beim »An« und »Frau«. Die Anschrift ist in die Ecke gequetscht, als hätte sie sie am liebsten in die Luft geschrieben. Ungefähr seit sechs Wochen liegt der Umschlag da, ungeöffnet. Über ihm wächst der Stapel. Jedes Blatt Papier, das dazukommt, beruhigt Milla. Immer tiefer vergräbt sie den Umschlag unter den vielen Worten, die anderen ein Versteck bauen, die zu ihren Komplizen werden und davon nichts wissen. Sie zieht ihn ein Stückchen, der Stapel schwankt, die Fettecke ist größer als gedacht. Milla schaut nach rechts durch die Stadt, die Fassaden und jemanden, der gerade den Fernseher anhat und dabei die Wäsche aufhängt, der Häkeldeckchen auf der Anrichte hat und Bilder von Blumen. Milla schaut durch die Kirchtürme und die grauen Wolken. Und dann ist sie woanders, weiter weg, bei Bergen und Feldern und einem großen weiten Meer dahinter. Dort, wo Jan vielleicht wieder ihre Hand nimmt und seine schlanken Finger an ihre drückt.

Mi!

Millas Kopf fährt hoch. Die Konferenz.

Im Fahrstuhl, Melzer bleibt still, kurz bevor die Tür aufgeht. Mi. Heute aber ...

Präsenz zeigen, sagt Milla, und sie bekommt ein bisschen Lächeln von ihm.

Er sieht dabei aus wie ein Vater, dessen Sohn ihm im Vollsuff auf den Teppich gekotzt hat und ihm dafür morgens Kaffee ans Bett bringt.

Im langen Raum ist es immer kalt und riecht nach Farbe. Die hohen Fenster geben ein bisschen Welt frei, das Leben zieht weiter, während man hier am großen Tisch Notizen macht. Melzer und Milla nehmen wortlos nebeneinander Platz, gemeinsam in der Runde. Alle sind da, bis auf Buckmann. Ein dramatischer Augenaufschlag, daneben rückt sich jemand wiederholt das Dekolleté zurecht. Zwei müde Augen versuchen sich am Tag, daneben braucht jemand zwischen den Wörtern Atempausen. Als Buckmanns massiger Körper sich zur Tür hereinwuchtet, ist es schon zwanzig nach. Sein roter Kopf positioniert sich mittig am Tisch. Buckmann ist der Verleger, Chefs Chef. Er schnauft und kramt nach Unterlagen, Milla denkt an die Krabben, die sie als Kinder am Strand mit Stöcken auf den Rücken warfen und dann im Kreis drum herum standen. Das Tier ärgerlich und hilflos, die Beine in der Luft. Und Milla tat es immer ein bisschen zu sehr leid, bis sie irgendwann eine Krabbe aufhob und zurück ins Wasser trug. Ein schrilles Quieken und in ihrem Finger ein blutiger Schnitt. Sie fährt sich über den Finger. So. Dann wollen wir mal, sagt Buckmann in die Stille. Ein Husten zerschellt daran. Buckmann beginnt. Und Melzer rückt etwas unglücklich auf seinem Stuhl hin und her. Milla hört Buckmanns tiefen Bariton und Melzers ruhigen Alt, ein paar schwere Atmer, ein paar Takte Luft anhalten, dann weitersprechen. Es geht um die Jahresbilanz. Um den Aufbau der Fremdsprachenabteilung. Sie wissen ja, dass es mein höchstes Anliegen ist, das Fortkommen des Verlages zu sichern.

Erst ein Gerücht auf den Gängen, von Tür zu Tür, über Kaffeetassen geflüstert, und jetzt spricht er es aus. Es ist das, was alle fürchten. Wir werden im kommenden Jahr großflächig umstrukturieren müssen. Müssen. Wir. Aber wir werden natürlich eine ... angemessene Lösung finden, für alle. Milla blickt von Dekolleté zur Lungenkranken, auf ihr bleiches Gesicht in der Fensterscheibe, daneben Melzers quadratischer Rahmen, und fragt sich, was das ist, eine angemessene Lösung. Wir müssen da jetzt nach vorne schauen, sagt er. Doch Milla schaut aus dem Fenster. Auf der Straße schiebt sich ein Kinderzug vorbei. Bunte Jacken, kurze Schritte, Hand in Hand gehen sie langsam über die Straßenbahngleise, zwei Erwachsene, einer vorne, einer hinten, auf ihren Rücken kleine Gestalten. Es sieht aus, als zögen sie in ein neues Königreich, weg von hier, als führen keine Bahnen und keine Autos mehr, als könne man einfach so in der Stadt über Straße laufen und die Welt müsse still stehen. Milla zuckt bei ihrem Namen zusammen, oder, Frau Anton, Melzers Arm auf ihrem. Sein mahnender Vaterblick.

Oder haben wir nicht einige vielversprechende junge Autoren in Aussicht?, fragt er nach.

Milla sammelt sich und streicht ihren alten Pulli glatt. Und dann passiert das, was ihr immer passiert, was sie in der Schule schon vor der Vier in Geschichte bewahrt hat, in der Bachelorprüfung vor dem Durchfallen und hier, an diesem Tisch, in diesen ganzen letzten drei Jahren dafür gesorgt hat, dass sie trotz allem noch da sitzt und ihre blasse Haut in der Scheibe reflektieren sieht. Milla improvisiert.

Ja, auf jeden Fall. Es hat sich viel getan.

Es hat sich wirklich viel getan, sie muss fast lachen, so ist es, nur nicht hier. Sie erzählt von den paar Manuskripten, die sie gerade mal angelesen hat, formt Geschichten und Lebensläufe zu einem zusammenhängenden Märchen, das nicht danach klingt. Einen sehr vielversprechenden Kriminalroman an der Genregrenze von Thriller zu Historie, der die jüngste Vergangenheit mit Blick aus der Zukunft beschreibt. So hangelt sich Milla, bis ihr nichts mehr einfällt und sie in ein ausdrucksloses Schweinchengesicht blickt. Hm, sagt Buckmann und räuspert sich. Das Räuspern kennt Milla, das heißt: Nein. Melzer tippelt neben ihr mit dem Fuß, das heißt: Reicht nicht.

Milla hört sich tief Luft holen und sagen: Und dann haben wir da noch einen autobiographischen Roman eines jungen österreichischen Autors, der in seinem Text seine Drogensucht verarbeitet. Buckmanns enge Augen blitzen kurz, er stützt das weiche Kinn auf den gebogenen Zeigefinger.

Hmmm, sagt er. Das heißt: Weiterreden.

Er hat vor einigen Jahren einen Freund umgebracht und auf unzurechnungsfähig plädiert. Stand auch in der Zeitung, glaube ich.

Aha. Kann der denn schreiben, fragt Buckmann trocken.

Milla versucht sich an ihrem Sitz festzuhalten, der gerade mit ihr nach hinten wegkippen will.

Ja, sagt sie.

Und zum ersten Mal zittert ihre Stimme ein bisschen. Alles erfunden, was sie sagt. Sie braucht etwas, von woanders, denn auf ihrem Schreibtisch ist nichts Brauchbares, schon seit Monaten. Und irgendwie muss sie Chef überzeugen, dass sie auch nächste Woche hier sitzen sollte. Also lügt sie. Es gibt keinen österreichischen Autor. Kein Manuskript, nur einen Fetzen von etwas, an das sie sich erinnert. Vielleicht war es ein Zeitungsartikel, vielleicht auch die Spätnachrichten, zu denen sie auf dem Sofa einschläft, nachdem sie Emma ins Bett bringt.

Gut, sagt Buckmann. Bleiben wir dran. Milla nickt, und ihr steigt Hitze ins Gesicht. Nächste Woche wird er ein Manuskript sehen wollen.

*

Der graue Umschlag ist dick. Sie kann den starken Einband darunter fühlen, als sie ihn aus dem Stapel zieht und das Papier aufreißt, endlich. Sie weiß, was darin ist. Es fühlt sich an, wie einen Sarg zu öffnen, und Milla hat Angst. Angst vor den Gesichtern, vor den ersten Buchstaben, die erscheinen und die sie vielleicht nicht mehr erkennt. Ein Post-it klebt auf dem schwarzen Buch, Kristinas Schrift: »Für dich.« Milla kämpft gegen das Karussell in ihrem Kopf. Ein kleines schwarzes Buch. Jans Tagebuch. Früher liegt es auf seinem Schreibtisch, neben Kohlestiften und leeren Müslischüsseln, manchmal trägt er es bei sich, den ganzen Tag. Zwei laute Stimmen rattern über den Flur, Absätze gedämpft von dünnem Teppichboden, eine Stimme, die nach zu viel Nacht und Rauch klingt, ruft zu ihr: Mi, das war super, die Aktion von dir mit Buckmann! Das Dekolleté lehnt jetzt an ihrem Türrahmen, darüber schwarz ummalte Augen. Julia.

Keine Ahnung, wie du das immer machst. Aber irgendwas machste richtig, Mädchen.

Mädchen. Im Hintergrund klammert sich Regine von der Buchhaltung an ihre rosa Kaffeetasse namens Regine. Milla lächelt halbanwesend Richtung Tür, bekommt noch ein Augenzwinkern von Julia, die es mag, wenn man sie Juli nennt.

Sie ruft über den Gang: Melzer, Mensch, das war aber harter Tobak bei der Konferenz heute!

Regine verschwindet in ihr Büro, Julis Absätze poltern weiter zu Chefs Tür. Dass sie dabei ein kleines bisschen wankt und sie unter all dem scharfen Zigarettenrauch auch noch nach etwas anderem riecht, etwas Dumpfem, Dunklem unter süßem Parfüm, das sagt keiner. Vielleicht auch wegen dieser Rundgänge, wegen ihrem lauten Lachen und dem Augenzwinkern, wegen ihrer zu hohen Schuhe. Alles ist ein bisschen zu viel, aber ohne wäre es ein bisschen zu still. Viel zu still.

Millas Blick schweift wieder aus dem Fenster. Unten beim Bäcker öffnen sich die Türen, eine Frau tritt ein. Ein Stockwerk höher schlurft ein hagerer junger Mann in die Küche und reibt sich die Augen. Milla hält das Tagebuch in ihren Händen. Es kribbelt an ihren Handflächen. Der Mann nimmt den silbernen Kaffeekocher aus der Spüle. Als er das Kaffeepulver in den Mülleimer pustet und eine Hand beim Bäcker eine Tüte über die Theke reicht und sich die Absätze aus dem Flur Richtung Treppenhaus verabschieden, steht Milla auf, nimmt ihren Schal und ihren Mantel, klemmt den Umschlag mit dem Buch unter den Arm und ruft zu Chefs Tür: Ich bin weg.

Draußen geht das Leben weiter. Beim Bäcker gehen die Menschen ein und aus und tragen Duft auf die Straße. Ein Kind baut im Kindergarten Klötze aufeinander und will mittags Kroketten mit den Fingern essen. Milla ist dazwischen, irgendwo.

*

Wohin jetzt. Wohin. Milla kann nur an einen Ort denken. Sie muss weg. Zu ihr, endlich. Sie braucht ein Auto. Sie setzt sich zum dritten Mal an diesem Tag aufs Rad, viele Stunden früher als geplant, und fährt in eine Richtung, in die sie sonst nie fährt. Das Auto steht bei Max, Jans bestem Freund.

Zwanzig Minuten später lehnt ihr Rad an einer vollgesprayten Wand. Sie hat nicht angerufen. Max kommt sofort runter, als sie klingelt. Er steht neben dem alten Golf auf der Straße und tätschelt den Kotflügel, während Milla auf dem Fahrersitz sitzt und den Schlüssel umdreht. Das Auto springt nicht an. Auf dem Dach sammeln sich Blätter und Vogeldreck, über der Fahrertür rosten ein paar Dellen, vom Hagel und den Kastanien im Herbst.

Ich nehm es nur zum Einkaufen für die WG, vielleicht zweimal im Monat, sagt Max. Aber hat mich immer gut gefahren.

Er berührt den roten Lack mit einer blassen Hand, die seit vier Jahren keine Gitarre gehalten hat. Lass mich noch mal, sagt er und geht um das Auto herum zur Fahrertür. Milla rutscht umständlich auf den Beifahrersitz und wartet auf die Tränen, die nicht kommen. Max steigt ein. Er schaut an ihr vorbei, wenn er mit ihr redet, als habe er Angst. Was er in ihren Augen fände, sieht er auch so. Sie ist müde, seit Wochen und Monaten, sie schläft zu wenig, trinkt zu viel Kaffee und schwarzen Tee. Sie hat noch ein paar zarte Sommersprossen. Die Wochenenden mit Emma auf dem Spielplatz, ihre kleine Hand, die ihr Schätze in den Schoß drückt: eine Schnecke, einen Kieselstein, ein Kastanienblatt.

Max ist noch eingeschrieben, obwohl er selten hingeht. Er schläft zu viel und raucht, bewegt sich nicht. Nicht vom Sofa weg. Trotzdem riechen seine Hemden nach Weichspüler, seine Freundin wäscht seine Wäsche für ihn. Milla sieht ihn, wie er auf der Dachterrasse seine Ideen in die Nacht erzählt, an der Zigarette zieht und in die Sterne guckt, lacht und Menschen auf die Schulter klopft. Wie seine Augen leuchten dabei, wenn er erzählt. Wie viele zurückklopfen und quer durch den Raum rufen: Max!, über alle Köpfe hinweg. Max sieht sie, wie Milla mit Jan in einem Keller tanzt und in den Schnee rennt, wie sie über Rot fährt und für Jan kocht. Er sieht sie Eis essen am Wasser, drei Kugeln, in den See springen und nachts über die Brücke fahren, ihre langen Haare wie eine Fahne hinter ihr. Vielleicht schaut er auch deswegen an ihr vorbei, auf einen Punkt neben ihrem Kinn. Hat er Angst, ihren Blick auf ihm zu sehen, auf dem Longsleeve, in dem er schon vier Nächte schläft? Beide versuchen es, auf ihre Weise. Irgendwie klarzukommen. Das hat Max ihr damals gesagt: Wir müssen jetzt irgendwie klarkommen. Der Motor ächzt lang, dann endlich, tiefes Brummen. Da! Da, sagt er, das ist alles. Mehr kann ich dir nicht helfen. Von Jan haben sie beide nie wieder gesprochen. Max' Platz bei der Beerdigung war leer. Alle trugen Schwarz, und neben Max' zarter Mutter war ein Loch. Da hätte er stehen sollen. Jans bester Freund. Einer, der mit ihm in der

Grundschule das Pausenbrot teilt und ihn Jahre später ins Bett trägt, wenn er zu besoffen ist.

Milla bereitet die Beerdigung vor, ohne Max. Es sollte schwer sein, das zu tun, überhaupt erst aufzustehen oder Schritte zu gehen, aber es ist, als drehe jemand an einem Rad an ihrem Rücken. Sie muss, kann die Wände hochgehen. Milla denkt, wenn sie jemand anhält, rollt sie sich auf dem Boden zusammen und schließt die Augen, bis es endlich still wird in ihrem Kopf.

Sie kauft ein Kleid, schwarz. Strümpfe, schwarz. Nichts Weißes, nichts soll hell sein an diesem Tag. Millas Mutter geht mit ihr in einen Laden mit hohen Fenstern und nur ein paar Puppen darin. Die Preise sind handgeschrieben. Sie probiert das Erste an, absurd, das jetzt.

Also, das ist traumhaft an Ihnen, sagt eine Frau mit Brille, und an ihrem dünnen Arm klimpern Armreifen, die glänzen wie ihre alte Haut.

Da werden die anderen tot umfallen, sagt sie und greift nach ein paar Schuhen.

Das wäre schlecht, sagt Milla. Ist für 'ne Beerdigung.

Sie spielen seine Lieblingslieder. Ein Satz steigt von allein in die Münder der Trauernden wie ein abgemachtes Zeichen: Er hätte es so gewollt. Sie legen einem Toten Dinge in den Mund. Du hast es gut gemacht, sagen alle zu Milla, auch wenn die Frage ist, was es eigentlich gut zu machen gibt. Der Pfarrer, der Jan nie kannte, spricht: Er war. Jan ist jetzt Präteritum. Mein Beileid, Worte fallen wie Steine. In stiller Trauer steht auf einem Kranz, und Milla findet, dass es hilflos aussieht, dass lieber nichts auf den Kränzen stehen sollte, weil ja doch keiner weiß, was er eigentlich sagen will, ins Nichts. Milla steht vorn, eingerahmt von ihren Eltern, und lässt den Tag über sich brechen. Sie schaut nach unten, wie viele, auf die schwarze Tiefe vor ihren Füßen. Alle sind ungelenk und fassungslos davor. Deswegen halten sie sich fest an Ritualen. An Kleidern und Sätzen, die man nur zu seltenen Gelegenheiten ganz hinten aus dem Schrank holt.

An Jans zweitem Todestag schickt Max eine SMS an Milla. Eine Uhrzeit mit dem Namen einer Kneipe. Milla geht hin, an einem Tag, an dem das Wohin egal ist, nur nicht nach Hause; irgendwie tragen sie ihre Füße nach dort. Als sie ihn durchs Fenster sieht, vor ihm ein paar leere Bier und eine Flasche Schnaps, seine Augen rot und sein Blick nicht mehr klar, dreht sie um. Jetzt, noch mal zwei Jahre später, sitzt sie in Jans altem VW neben Max. Danke, sagt sie. Keine Ursache, sagt er. Er schaut kurz auf dabei, und jetzt, ganz kurz nur, fängt Milla seinen Blick. Keine Scham, keine Angst. Da ist einfach nur ein Loch, so wie damals neben seiner Mutter.

Max schlägt die Fahrertür zu und macht einen Schritt zur Seite. Er macht ihr Platz. Und Milla fährt. Er hebt die Hand, sie nickt und versucht ein Lächeln zum Abschied. Sie ist auf der Straße. Sie biegt nach links und nach rechts, raus aus der Stadt und weg von den grauen Häusern und nackten Alleen, die alle gleich aussehen. Sie fährt auf die Autobahn, dann auf die Landstraße. Alles ist frei. Die anderen arbeiten jetzt. Milla schaut nur einmal auf den Zettel auf der Ablage. Manche Wege prägen sich ein, auch wenn man sie nur ein einziges Mal gefahren ist. Es war schwarz, es war dunkel um Milla, und Kristina lag auf dem Rücksitz. Sie weinte und schrie. Sie hatten ein Hörspiel an, zur Beruhigung. Es war warm im Auto, Milla ließ das Fenster zu. So blieb alles drinnen. Kristinas Schreie und Kristinas Wimmern, dazu Millas Stille und von der Kassette TKKG. Sie fährt ohne Radio, dieses Mal. Sie biegt nach links, noch einmal, bald werden die flachen Hügel zu Bergen. Dörfer reihen sich aneinander, dazwischen Felder und immer wieder Wald. Kurve um Kurve nähert sie sich langsam. Sie wird müde. Und denkt an Emma im Kindergarten, die statt Kroketten vielleicht gerade eine Lauchsuppe isst, widerwillig, oder Papier und Tisch bemalt, so sehr, dass ihr Ärmel bunt ist und nach Wachs riecht. Milla fährt durch ein Dorf, alles sieht gleich aus, auch hier. Ein paar Kneipen. An der Ecke ein kleiner Kaufmannsladen, wie es ihn in der Stadt nicht mehr gibt. Milla kommt an einem Rastplatz am Feld vorbei, gefrorene Stoppeln und ein paar dunkle Bänke zum Sitzen. Im Sommer kann man hier grillen, steht auf einem Schild. Milla steuert nach rechts auf den Kies, einfach so. Sie steigt aus, einfach so, ohne Mantel. Sie steht quer an der Seite, halb auf

Gras und Kies am Graben, legt ihre Hände in den Nacken und schaut über die Ebene. Es ist kalt um sie. Noch ein paar Blätter auf dem Boden, an denen Raureif klebt, ein paar knorrige Bäume mit nackten Kronen und Wege, auf denen man vielleicht mit dem Hund gehen kann. Niemand ist hier. Millas Atem bildet eine Wolke vor ihr. Und gerade als sie die Augen schließt, kommt die Sonne. Die Wolken schieben sich zur Seite, für einen kurzen Augenblick, und Milla hat Wärme im Gesicht. Zum ersten Mal seit langer Zeit. Sonne. Alles wird rot. Als Milla wieder die Augen öffnet, streckt sich ihr Leben vor ihr aus. Das Feld, der Weg, der Wald. Eis und grauer Himmel. Hier ist Milla jetzt.

Die Sonne lässt Milla am Feldrand zurück. Der kalte Grund, gefroren unter kleinen Steinen, strahlt durch ihre Sohle zum Zeh. Ihre Fingerspitzen werden langsam kalt. Milla pustet einmal gegen ihre Hände, warme Luft, weiße Wirbel, die sich ins Nichts auflösen. Dann dreht sie sich um, zum Auto, das wartet, und steigt ein. Die Kälte zieht über die Scheibe zu Millas Hals. Würde sie noch länger hier sitzen, über Nacht, würde sie einfach hier schlafen, ließe die Kälte ein paar Kristalle auf der Scheibe zurück. Milla dreht den Schlüssel und schaut nach vorn. Ein Traktor fährt am Horizont entlang. Milla holt ihr Handy aus der Tasche. Hanne. Hanne muss Bescheid wissen. Ein paar Kilometer entfernt geht das Leben weiter, ein Kind muss vom Kindergarten abgeholt werden, muss aufs

Klo, die Nase läuft, heute Fischstäbchen? Irgendwie muss das alles weitergehen, ohne sie. Milla ist weg.

Mi-Maus, bist du das, fragt eine Stimme, die heute zum ersten Mal spricht.

Hanne.

Ihr Name die Einleitung für eine Bitte. Und es erschlägt Milla fast, so viel Ruhe in ihrer Stimme, so viel Liebe, als könne sie alles erzählen, als habe Hanne alle Zeit der Welt zum Zuhören. Hanne ist Jans Tante, die kleine kluge Schwester seines Vaters, die vieles hat, was ihrem großen Bruder fehlt. Sie kam spät und unerwartet, das Kind ist ein Wunder, sagten die Eltern. Sobald sie alt genug war, zog sie weg aus Frankfurt, nach Berlin. Sobald sie alt genug sind, ziehen Jan und Milla nach, genau wie Max. Sie alle wollen weg vom engen Elternhaus und in die weite Stadt.

Millas Stimme bricht ein bisschen, Jans Zettel noch in ihrer Manteltasche. Es ist alles so falsch, sie hier und Emma allein, ihr leerer Platz am Schreibtisch und alles, was sie tut. Was sie heute losgetreten hat, eine Lawine. Alle Kraft entweicht. Sie will sich ausruhen. Sie will sich hinlegen und einschlafen.

Hanne, ich bin grade in ... Auf dem Weg nach.

Sie kann es nicht.

Ich musste kurzfristig weg. Kannst du Emma heute zu dir nehmen? Ich weiß nicht, wann ich wieder da bin.

Meine Mi ..., sagt Hanne. So wie: Meine arme Mi. Was hast du erlebt.

Und sie will es so gern erzählen.

Eine kurze Pause, und dann sagt sie, Hanne: Na klar, mach ich. Und es klingt so wie immer. Als sei alles einfach.

Kannst du ruhig öfter fragen, hat Hanne gesagt, als Milla Emma das erste Mal zum kleinen Vorgarten in der Vorstadt heraustrug und Hanne ihr noch selbstgemachte Quittenmarmelade in die Tasche schob. Über drei Jahre ist das her. Milla trug Emma vorbei an Rosen und Rhododendron, es war warm und sie schlief schon fast an Millas Schulter. Hanne stand in der hellblauen Tür mit einem langen Rock und den grauen Haaren im lockeren Zopf, die runde Brille auf der spitzen Nase. Alles so aufgeräumt, so gut an diesem Ort. Aus der Tür duftete es noch nach warmer Marmelade. Und hinter dem Haus stehen Gartenschuhe, das ganze Jahr lang. So ein Ort ist das. An dem Gartenschuhe stehen und eine dunkelgrüne Hacke, ein Ort, an dem die Seife duftet und die Handtücher auch. Immer wieder bleibt Emma seitdem hier. Und immer wieder trägt Milla ihr Kind davon, zurück ins Chaos. Milla versucht sich nicht zu fragen, warum die Handtücher bei ihr nicht nach Weichspüler riechen und warum sie nicht weiß, wie man die richtigen Wadenwickel mit Essig macht. Aber sie ein Kind hat und Hanne nicht. So steht Hanne in der Tür und sieht Milla zu, wie sie Emma über den Kies trägt. Als ob sie nur wartet, dass sie stolpert. Doch eigentlich steht Hanne da und hofft, dass sie es schafft. Dass beide unversehrt am anderen Ende ankommen und dabei ihre Marmelade in der Tasche haben.

*

Milla dreht den Schlüssel um, der Motor springt an. Auf der Straße verschmilzt alles, heute und gestern, früher und jetzt. Die Schilder zählen die Kilometer für sie, jemand, der nicht weiß, was die Zahlen darauf für sie bedeuten, hat sie aufgestellt. Sechzig oder fünfundvierzig, dann zwölf und dann beim Kiosk noch mal links. Immer höher, als wollte man sie verstecken vor der Welt. Versteckt hinter all den Tannen, die niemand von dort sieht, wo Kristina jetzt ist. Sie sieht nur gestutzte Hecken und den Frost auf den Blumenbeeten. Sieht sie das überhaupt? Oder ist sie nur drinnen?

Milla fährt durch die Schranke und lässt die Kupplung zu schnell kommen. Ihr Bein zittert ein bisschen. Sie muss sich anmelden und lächeln, sie sagt den Namen, zum ersten Mal seit langer Zeit. Ihren vollen Namen, Milla Anton.

Der Park liegt da, als ginge ihn das gar nichts an, was hier passiert. Milla schaut durch die Fenster und sieht Menschen in Weiß, drinnen ist es warm und sie hat Gänsehaut. Sie denkt endlich das Wort, das sie nicht denken will: Irrenhaus. Es sieht aus, als könne man hier Golf spielen, wären da nicht braune Flecken auf dem Gras. Jemand führt sie über den Weg und nennt ein paar Nummern am Eingang. Auf 253.

Sie steht vor der Gebäudetafel und fühlt einen heißen Knoten in ihrem Bauch. Sie bleibt stehen, ein paar Sekunden. Es ist viel zu still hier. Nur der Wind.

Drinnen, endlich, sieht es aus, wie Milla es erwartet hat. Lange Gänge in einer weißen Villa auf dem Berg. Ein Aufenthaltsraum mit Spielen auf dem Tisch und Tee neben einem Heißwasserkanister. Die Räume gehen nur mit Karte auf. Eine Tür fällt schwer ins Schloss, die nächste brummt zum Öffnen. Sie soll warten. Gummischuhe quietschen auf dem Gang, nur riecht es hier nicht nach Krankenhaus.

Die Tage, die Beete, die Kleidung: Alles hat seine Ordnung hier, von außen, vielleicht, weil hier so viele innen keine Ordnung haben.

Frau Anton? Frau Perez ist so weit.

Eine Schwester geht vor ihr den Gang entlang. Milla hat nichts dabei, keine Blumen oder Schokolade, nichts, nur sich. Bringt man hier was mit? Sie folgt der Schwester über den Gang, welche Tür ist es? Ein paar Zahlen, das ist jetzt Kristinas Adresse.

Der Raum ist so hell, dass Milla kurz die Augen schließen muss. Dann sieht sie: ein Bett, einen Schrank aus Plastik, Aquarelle an der Wand, überall wütende Striche in zarten, blassen Farben. Kristina sitzt auf einem Stuhl am Fenster und schaut in den Garten. Sie trägt Blau, die gleiche blaue Jeans wie damals, aber ihre Haare sind so lang. Sie ist sehr dünn. Sie dreht den Kopf, die grünen Augen sehen sie, und Kristina sagt endlich:

Milla.

Kristina sitzt da. Ein Umriss in einem Krankenzimmer. Sie ist da, es gibt sie noch, alles an ihr ist so vertraut, und trotzdem ist es so, als sei sie jemand anderes. Da ist noch mehr, da ist ein Teil, über den keine von ihnen sprechen wird, ein Teil, den sie verloren hat. Gut versteckt, vergraben, ungesagt und still. Milla schaut und findet Spuren davon. Die Decke über der Stuhllehne, ein Lavendel auf der Fensterbank, die Bücher und die Farben auf dem Tisch. Der Raum ist kahl, Möbel aus Stahl, ein Bett, ein Schrank und ein Schreibtisch aus zu gelbem Holz. Hier lebt Kristina.

Milla macht ein paar Schritte in die Stille. Die Schwester steht hinter ihr und wartet. Auf was? Darauf, dass sie sich in die Arme fallen oder Kristina sich vor ihr auf den Boden wirft? Sie hat die Ärmel über die Hände gezogen. Sie dreht sich nur, sie steht nicht auf. Draußen recht jemand das letzte Laub, zieht kleine Kreise um die Bäume. Auf dem Nachttisch ein paar Bücher, die Milla nicht kennt, ein Krimi und ein Sachbuch, keine Fotos, nirgendwo. Keiner ihrer Briefe. Nur eine Postkarte vom Strand.

Milla, sagt Kristina wieder. Es klingt sanfter. Fast wie eine Frage.

Halbe Stunde, sagt die Schwester, schließt die Tür.

Milla schaut in Kristinas weißes Gesicht, die dunklen Augen, auf die langen braunen Locken und die kurzen Fingernägel, die spitzen Knochen unter dem Pullover. Kristina fährt über ihre Arme, immer wieder, reibt Wolle gegen Wolle. Milla sagt nichts. Dann: Schön. Schön hier.

Kristina schaut hoch zu ihr und hält den Blick, es tut fast weh, so rot sind ihre Augenränder. Milla stellt sich vor, was Kristina in diesem Zimmer passiert ist. Kristina könnte fragen: Warum kommst du erst jetzt hierher? Aber sie weiß, was Millas Antwort ist: Warum bist du nicht schon längst zu uns gekommen? Milla will ihr sagen, wie schön sie ist, immer noch. Dass sie stark aussieht. Und ihre Augen anders sind. Ich mag deine Haare so, genau wie damals. Aber Milla sagt es nicht.

Ich. Kristina räuspert sich. Ihre Stimme ist ein Faden. Ich wusste, dass du bald kommst.

Ihre Finger unruhig, früher zupft sie an Flaschenetiketten, zerrupft Servietten, aber hier ist nichts. Nur sie.

Milla will fragen: Warum hast du nie zurückgerufen? Und stattdessen ist sie still. Was jetzt fragen? Wie geht es dir? Das sehe ich. Wann kommst du? Das weißt du nicht. Sie sagt: Sie fragt nach dir. Kristina lächelt kurz, und dann zerfällt alles in ihrem Gesicht. Sie zerfließt und sie schluchzt, immer noch auf ihrem Stuhl. Warum stehst du nicht mal auf, Kristina? Ich habe Emma gewickelt und in den Schlaf gesungen, ihm die Schuhe gebunden und den Rotz von der Nase gewischt. Wo bist du? Weißt du, wer immer da ist, an deiner Stelle? Wenn sie einen Alptraum hat, wenn sie kalte Füße kriegt oder Angst hat, wem sie das erzählt, was sie nachts träumt oder auf der Busfahrt denkt, das ist für dich gedacht. Deins.

Kristina wimmert und Milla rennt. So wie immer,

wie bei Emma, Milla nimmt noch ein Kind in den Arm, beruhigt, hört immer wieder: Ich kann nicht, ich kann nicht, Milla. Sie schreit, laut neben ihrem Ohr: Ich kann nicht! Die Tür schwingt auf, die Schwester geübt und leise, beruhigt Kristina.

Sie sagt: Sie gehen jetzt besser.

Bitte. Kann ich sie später noch mal sehen?

Lassen Sie sie ausruhen.

Ich bin extra mit dem Auto ...

Ich bitte Sie. Sie sehen ja selbst ...

Milla atmet ein. Hält die Schwester am Arm. Schaut sie an und sagt: Ich muss mit ihr sprechen. Ihr Kind ist bei mir.

*

Die Kälte kriecht Millas Beine hoch. Sie sitzt erst zu lange auf der Bank, jetzt spaziert sie über Kies, ein paar Lichter sind schon an, bald kommt die Dämmerung. Man sieht Patientenzimmer, ein paar Ärzte an einem langen Tisch, sie sehen ernst und müde aus. Wo sind sie zu Hause? Hier? Eine Gruppe sitzt im Kreis, jemand erzählt, eine dumpfe Stimme drückt gegen die Scheibe. Oben beschlägt ein großes Fenster, vielleicht die Dusche oder ein Gymnastikraum. Da, im Fenster nebenan sieht sie, wie jemand von einem in den nächsten Schlaf sinkt, sich einmal umdreht und wieder in den Kissen verschwindet.

Sie ist hier, so nah bei Kristina, sie hat es geschafft. Emma verteilt woanders Papierschnipsel auf dem

Boden, und Milla ist hier, bei Emmas Mutter. Und Milla spaziert durch die Dämmerung, ein bisschen Nebel über dem Gras, alte Lampenschirme, die fremde Leben so zart beleuchten, als wolle man hier alles weichwaschen. Obwohl sie friert, weiß sie, was passieren muss. Sie darf hier nicht weggehen ohne Kristina.

Hinter einer Tanne taucht ein Kittel auf. Die Schwester steht vor ihr. Was sie sagt, wird zu Rauch:

Sie will Sie sehen. Zwanzig Uhr ist die Besuchszeit vorbei.

Milla schaut sie an, sie hat Falten um die Augen und ein paar um die Mundwinkel. Ihre roten Haare hat sie streng zurückgebunden. Ihre Worte hängen wie eine Wolke zwischen ihnen, dann wird die Luft wieder klar.

Auf dem Weg zur Station gehen die Laternen an. Milla läuft eine Straße aus Lichtern entlang zu den Stufen. Sie greift in ihre Tasche, hält den Umschlag fest, nur ein bisschen Papier mit Buchstaben darin. Nichts Schlimmes, nichts, wovor man Angst haben muss. Die Tür geht auf. Ein paar Lampen sind an, sie scheinen golden, so anders als am Tag.

Kristina steht einfach da und schaut sie an, und fast könnte alles anders sein. Sie könnte brauner sein, ein bisschen schwerer, kürzere Haare haben und sie anlächeln. Milla sieht sie, mit Sonnenbrand auf den Schultern, wie sie lacht, sich dreht und auf den Stuhl steigt mit Rotweinrändern am Mund, wie sie tanzt und auf Französisch mitsingt, auch wenn sie kein Französisch kann. Sie denkt sich Worte aus. Beim Bäcker sagt sie: *Voulez vous choucher avec moi,* lacht ihm ins Gesicht, und dann kauft sie zwei Baguette. Jetzt ist sie blass. So ist sie, seit er tot ist.

Sein Unfall, sagen sie am Anfang, aber es klingt so schal. Suizid, das weiß ja keiner, da müsste man ihn fragen, aber er ist ja nicht mehr da. Außerdem klingt es so blind wie die Diagnose einer Krankheit, ein Wort, das so weit weg ist von dem, wofür es steht. Selbstmord, das geht nicht. Kristina flüstert es einmal, in den Sekunden vorm Einschlafen, in denen fast alles möglich scheint. Milla hört, wie das Wort in der Stille nachhallt, und ist auf einmal wach. Dreht sich um und wartet, bis der Schlaf sie endlich abholt und am Morgen nur ein Schatten übrig ist von dem, was abends war. Selbstmord, nein, das geht nicht. Das ist zu brutal für jemanden, der im Sommer Häuser für die Schnecken baut. Jans Tod, das geht, weil es stimmt. Es ist das Einzige, das sie nicht verhandeln können: die Realität. Sie leben, er ist tot.

Mit seinem Tod zieht ein Gast ein. Wie ein Tier sieht das Wesen aus, sein Rücken mit Haaren, die Wirbel so krumm. Es hockt, seine Schienbeine gerade über dem Boden. So sitzt es da, bereit, nicht zum Sprung, auf der Lauer. Es ist hier, um zu bleiben. Komm bald wieder, sagt Milla zu ihm, dem Gast, aber die Tür fällt nicht ins Schloss. Er bleibt und schaut ihr beim

Zähneputzen zu, die Tube ist bald leer, und ihr fällt das Handtuch runter. Milla muss sich bücken, umständlich, weil er so groß ist auf einmal und sie zusammen fast den ganzen Raum ausfüllen. Er reicht bis zur Decke, als sie mit der Zahnbürste Kreise auf den Zähnen fährt. Manchmal ist er ganz klein und passt in ihre Tasche, hart und fest und mit Nägeln, die stechen. Die Trauer hat sich eingenistet, mit ihr, sie beide zusammen, wir verlassen nie das Haus, wolltest du nicht mal raus und spazieren gehen? Aber wenn sie draußen sind, dann gucken die Leute so komisch, als wüssten sie, dass jemand auf ihrer Schulter sitzt.

Kristina, sagt Milla.

Kristina steht einfach nur da. Milla geht vier Schritte, immer schneller, auf sie zu. Plötzlich ist sie nah bei ihr und Milla öffnet ihre Arme. Sie halten sich. Kristinas Haare kitzeln an ihrer Nase, sie riecht so anders. Kristina ist so zart, umfasst sie kaum.

Warum bist du hier, fragt Kristina, und löst sich von ihr.

Ich will, dass du mitkommst, sagt Milla. Komm mit.

Ich kann nicht. Es ist friedlich hier. Es tut mir gut.

Milla will sie schütteln und sagen: Du hast ein Leben, Kristina, und es ist nicht hier drin. Du bist einfach verschwunden.

Kristina starrt zur Seite.

Du denkst, dass es so einfach ist, Milla.

Nein, das denk' ich nicht. Aber das hier drin, willst

du das? Bis du alt und grau bist, keinen mehr kennst und hier irgendwann einschläfst, oder was?

Milla geht zum Fenster, es ist schwarz. Sie sieht sich und hinter sich den hellen Raum, die Bilder an den Wänden und Kristinas schmale Gestalt wie ein leuchtender Schatten. Ihre Augen treffen sich im Fensterglas.

Ich verstehe das nicht. Warum darfst du hier sein? Warum darfst du schwach sein? Du lässt mich für uns beide leben. Ich hab' meinen besten Freund verloren, und ein paar Wochen später lag ein Neugeborenes in meinem Bett.

Kristina schaut auf das Buch. Der schwarze Einband ist warm an Millas Brust.

Hast du es gelesen?, fragt Kristina.

Was? Das Tagebuch?, sagt Milla. Nein. Hast du?

Nein.

Aber warum hast du es mir dann geschickt?

Ich wollte, dass du es verstehst.

Was soll ich denn verstehen?, fragt Milla, ihr Ton wird härter.

Ich wollte nicht, dass du wegläufst, sagt Kristina.

Und was machst du hier?

Kristina reibt ihre Ärmel aneinander. Milla spürt die Wut, langsam, die ganze Wut, und sie bemüht sich, nicht lauter zu werden. Sie schaut auf Kristinas Handgelenke unter der Wolle. Sie schließt die Augen, kurz, und holt ein bisschen Luft.

Ich bin am Leben, Kristina. Was bleibt mir übrig? Soll ich allen sagen, jetzt mal kurz stopp, Emma, hör mal auf zu schreien, ich muss mal kurz was verarbeiten? Weißt du, was dir keiner sagt, wenn jemand stirbt? Es wird nicht besser. Du gewöhnst dich nicht daran, dass jemand tot ist. Du gewöhnst dich nur daran, wie sehr dir jemand fehlen kann. Das ist alles, das ist das Geheimnis. Soll ich mich einweisen lassen, so wie du? Und Max und Hanne und Jans Vater auch? Du hängst in der Vergangenheit fest, Kristina, aber ich will auch eine Zukunft haben. Ganz egal, was passiert ist oder wie die aussieht, meine Zukunft, ich muss doch an irgendwas glauben, und ich glaube verdammt noch mal daran.

Milla merkt, dass ihre Augen sich mit Tränen füllen, und sie will nicht mehr dagegen kämpfen, da ist Wut und Trauer und so viel Schmerz, und dabei kann Kristina nichts dafür.

Sie sagt: Ich kann das nicht. So tun, als wäre alles normal, zur Arbeit gehen, zum Supermarkt, Freunde treffen. Das ist wie jeden Tag lügen.

Milla wischt sich die Tränen aus dem Gesicht. Ihre Stimme ist leise, als sie spricht, viel leiser als gerade noch. Für dich, sagt sie, und legt das Tagebuch auf den Tisch. Kristina rührt sich nicht, als sie zur Tür geht, sondern starrt in die Nacht, zum Garten, da, wo gerade noch jemand das Laub zusammenkehrt. Jetzt ist alles schwarz, bis auf ein paar Lichter aus den Gebäuden nebenan und die Laternen. Jemand läuft draußen über den Kiesweg. Es ist schon spät für einen Ort, an dem es um sechs Uhr dreißig Frühstück gibt. Milla atmet ein. Du weißt, dass du dich hier versteckst. Und schließt die Tür. Und atmet aus.

*

Draußen ist Nacht. Milla sitzt auf dem Fahrersitz im Halbdunkeln. Durch kahle Zweige sieht sie die Lichter vom Haupthaus. Eine Laterne wirft ihren Schatten neben sie. Sie legt ihren Schal ab, wartet, bis ihr Herz langsamer schlägt. Milla sitzt auf dem weichen Sitz an diesem fremden Ort, an dem sie nicht zu Hause ist. An dem sie nicht weiß, wo die nächste Apotheke ist oder der Weg zu einem Freund. Wo man hier Kaffee trinken geht, oder rodeln oder im Sommer spazieren. Weit weg. Hier leuchtet Kristinas Fenster bis tief in die Dunkelheit.

Im Auto wird es kälter. Milla wartet und zieht ihre Ärmel lang über die Hände, wie Kristina vorhin. Sie weiß nicht, wie lang sie bleiben kann, nur dass sie muss. Die Kälte tut jetzt weh, in ihren Händen und den Füßen, auf ihrem Gesicht. Sie startet den Motor. Aus der Lüftung strömt nur kühle Luft. Die Gänsehaut prickelt auf ihrem Körper. Eine Weile steht sie so auf dem Parkplatz und wartet.

Milla legt einen Gang ein, dreht auf dem Kies und fährt zurück, zurück in den Wald. Sie muss etwas tun, außer sitzen, also fährt sie. Rechts und links die starren Bäume hell im Scheinwerferlicht, dahinter Dunkelheit, vor ihr Nebelschwaden auf der Straße. Der

Motor lässt das Auto vibrieren, und langsam kommt die Wärme zurück, bläst trocken in ihr Gesicht. Millas Finger sind steif. Sie fährt nicht zu weit, gerade so lange, bis sie ihre Finger wieder spürt. Sie findet eine Decke auf der Rückbank und wickelt sich darin ein. Sie kann nicht, nicht zurück ohne Kristina. Also dreht Milla Kreise. Sie wendet in einer Haltebucht, aus der ein Pfad zwischen den Bäumen verschwindet, und fährt zurück. Parkt wieder vor dem großen Haus, nickt ein, bis sie von der Kälte geweckt wird, und startet den Motor von neuem.

Sie sieht die ganze Nacht dieselben Bäume, Felder, dann das Tor und denkt an das, was vorher war. Vor dem Aufschlagen und Abbrechen, vor dem Auseinanderrücken und wieder Zusammenbauen, dem Einstürzen und Wegfallen, vor dem Zureden und Anschweigen war das leise Flüstern. Jan und sie unter der Decke. Taschenlampen und Lichter aus. Schwimmflügel und Meer, Narben auf den Knien, Schokolade am Kinn und Dreck unter den Nägeln. Das war die Kindheit. Leben, in denen noch nicht viel passiert war, außer, dass sie gerade erst begonnen hatten. An einem Ort, so wie er war, mit den Menschen dort und ohne ein Bewusstsein, was das heißt: geboren werden, leben. Sie bauen Sandburgen und heben Seen aus im Sand, versunken ineinander und darin. Es gibt gut und schlecht, es gibt sauer und süß, satt und hungrig, kalt und warm, wütend und ruhig, aber dazwischen wenig. Sie haben noch keine Worte für das, was kommt. Eifersucht und Schmerz, Hilflosigkeit. Das gibt es nicht. Es gibt keine Zukunft außer für Dinge, auf die sie sich freuen. Um siebzehn Uhr Fernsehen, Fischstäbchen am Sonntag, Nonna, das Haus.

07.06.13

Als er anruft, sitzt Milla auf ihrem alten Stuhl und beißt auf einen Stift. Sie schreibt an einer Seminararbeit, liest große Namen, unterstreicht, markiert, schreibt raus, die Sätze leuchten grün und gelb und blau. Ein Regenbogen, den sie kennen muss. Sie ist in Paris, Jan in Frankfurt. Er sieht Hochhäuser, sie sieht graue Dächer und weiße Fassaden.

Er ist jetzt da, wo der Vater war, sie da, wo Proust war und de Beauvoir und Sartre und alle, deren Namen sie ausspricht, mit Stolz. Er zieht in eine andere Stadt und sie in ein anderes Land. Aus Protest. Es ist nicht das erste Mal, dass er geht. Im Jahr davor geht er zum Studium nach England, für ein Semester. Dann kommt er zurück, ein bisschen ernster, und macht ihr statt Spaghetti Sunday Roast. Aber dieses Mal weiß Milla, dass Jan nicht wiederkommt. In ihrer alten Wohnung wohnt jetzt jemand zur Zwischenmiete, ein Paar. Milla trägt mit Jan Möbel auf den Flur, vor ein paar Monaten, bis nach unten in den Umzugswagen. Jan zieht zurück nach Frankfurt und lässt sie allein in Berlin. Lässt ihr den Küchentisch mit den Krümeln, die letzte Kaffeetasse, die Marmelade im Schrank und ein T-Shirt. Mach's gut. Pass auf dich auf. Das sagt ihr bester Freund. Und geht.

Jetzt, ein paar Monate später, sitzt sie am Schreibtisch und hört seine Stimme nah an ihrem Ohr. Ich will ans Meer, sagt er. Im Hintergrund rauscht die Autobahn. Es ist das erste Mal, dass er anruft, seit Wochen.

Musst du nicht arbeiten?

Frei, sagt er. Und du?

Meinst du das ernst jetzt?, fragt sie.

Milla, sagt er. Wir sind schon unterwegs.

Wir? Als sie nichts sagt, sagt er: Kristina kommt mit.

Sie sind schon unterwegs ins Haus, dorthin, wo Milla und Jan Kinder waren. Er sollte in Frankfurt sein, in einem hohen Bankgebäude im einundzwanzigsten Stock aussteigen und arbeiten, so wie alle anderen. Genau wie sein Vater es will.

Ich will ans Meer, sagt Jan noch mal.

Und plötzlich ist er überall nach diesem Satz, hier, in ihrem Zimmer, steht vor dem Feigenbaum und hebt fragend die braun umrahmten Blätter hoch. Geht zu den Bücherstapeln, liest die roten Titel auf den weißen Einbänden und nickt. Hier, wo das Brot immer warm ist und die heiße Schokolade so dick wie Eierlikör, wo auf der Straße Tauben flattern und die Gläser klirren. Da, wo ihre neuen Freunde aus der

Uni sind, Julien, der mit Anne über den Tisch hinweg diskutiert, bis er den Wein umkippt. Da, wo man hoch über der Stadt auf einer Wiese sitzen kann und den Himmel die Farben wechseln sieht. Ihr Leben. Sie hört seine Stimme und weiß, überall dort ist jetzt auch Jan. Er sagt: Wir sehen uns da. Und sie macht sich wirklich auf den Weg, steigt in einen Zug und verlässt all das. Denn Jan will ans Meer, und sie kommen mit. Milla, so wie immer. Und Kristina, zum ersten Mal.

*

Milla steht im Dunkeln und atmet das Haus ein. Sie riecht Heu, warme Luft und Lavendel. Es riecht nach Nonna, nach Ferien und Pfannkuchen im Garten, nach nachts wach bleiben und Äpfel im Baum essen, es riecht nach Nonnas Stimme, die sie ruft, nach ihrer Hand auf ihrem Hinterkopf. Nur etwas ist neu: Staub. Auf dem Boden und den Fensterbänken, in der Luft und auf den Büchern im Regal. Keine Hand mehr, die darüber wischt, schon lange nicht. Die Tür schließt mit einem dumpfen Knall. Das ist der Moment, in dem die Zeit in sich zusammenfällt.

Drinnen ist es still. Die Fensterläden zu, Licht dringt in Streifen durch die Ritzen. Alles ist vertraut, und alles ist anders. Das Telefon mit der Wählscheibe, der Zettel daneben.

Milla geht durch die Räume und öffnet alle Fenster.

Endlich wird es hell. Staub tanzt. Der Wind bläht die Vorhänge nach innen. Nirgendwo rauschen die Blätter so wie hier. Mit so viel Kraft.

Es ist ein altes Bauernhaus am Ende der Straße, in einem kleinen bretonischen Dorf, in dem sich die Nachbarn Eier mit Federn vor die Tür stellen. Man unterhält sich übers Wetter und die Kinder, die Hühner und die Enkel, den Regen, der nicht kommt, die Politik, die sich nicht ändert. Die Großeltern haben das Haus gekauft, als es noch Lehmboden hatte. Sie fuhren zwanzig Jahre lang fast jedes Wochenende hierhin, Nonna schliff die Fenster und Opa riss die Tapete von den Wänden. Als Milla sieben ist, öffnet Nonna zum ersten Mal allein die Tür.

Milla steht am Küchenfenster und beugt sich nach vorn, der Vorhang weht ihr ums Gesicht. Sie sieht ein Stück Kiesweg, die Kiefer und den Lavendelbusch, der jetzt viel dichter wächst. Sie dreht sich um. Der große Tisch, die Anrichte. Der karierte Stoff vor der Spüle. Alles wie früher. Nur dass Milla größer ist und alles um sie kleiner. Graue Striche neben der Küchentür: Jan, 25.3.1997, 1,32 m, Milla 1,28 m.

Das Haus war ihr Spielplatz. Eine Kammer unter der Treppe, da, wo sie niemand finden kann, nicht mal die Eltern oder Nonna. Der große Baum, die Zentralkiefer nennt sie Jan, da sitzt er und sagt: Sonne auf zwölf Uhr! Großmutter auf halb acht! Jan versteckt sich abends auf der alten Kiefer, macht sich klein und bleibt still, als sein Name durch den Garten hallt. Er will hier schlafen, auf dem Baum bleiben und durch die Fenster sehen, wie Nonna am Morgen Milch warm macht.

Die Großmutter ist eine schöne Frau mit akkurat gekämmtem Haar und roter Farbe auf ihren dünnen Lippen, die in die vertikalen Falten darüber läuft. Nonna, so sollen sie sie nennen, weil Oma ihr zu alt klingt, zu wenig wie ein Name. Mamie, so heißt im Dorf doch jede, sagt sie. Sonst spricht Nonna nicht viel. Sie ist einfach da, bewegt sich mit gleich kurzen Schritten durchs Haus wie ein Planet auf seiner Bahn, wie die Sonne, die alles Leben um sich bestimmt. Sie steht auf, immer zur gleichen Zeit, macht Milch warm für die Kinder und kocht sich Kaffee, Jan sagt, darf ich auch mal, verzieht das Gesicht. Bäh! Nonna lacht ihr tiefes Lachen. Sie liest viel. Früher, als sie noch in Deutschland wohnt, arbeitet sie in einer Buchhandlung, bevor ihre Kinder kommen und nachdem sie wieder gehen. Eine kleine Lampe brennt in ihrem Zimmer, Milla sieht sie, wenn sie abends die Stufen zum Dachboden hochklettert. Ein runder heller Kreis scheint durch einen Spalt, eine von Nonnas weißen Strähnen berührt das Papier. Vom Krieg erzählt sie nicht. Fast nie. Sie sagt, dass der Krieg eine Zeit war, in der viele starben, auch Uropa und ihre Schwester. Ihr Bruder. Oma war damals ein Mädchen, liebte einen Jungen und hatte einen Ring am Finger, eines Tages im Wald. Dann musste er weg, küsste sie zum Abschied und kam nicht zurück. Das ist der Krieg, sagt sie.

Milla steigt die Treppe nach oben. Sie öffnet die Türen, sanft, zur Hälfte nur, und betrachtet die Räume im Obergeschoss. Alles noch da, Nonnas Parfüm im Bad, die Bücher in den Regalen. Alte Gartenhandschuhe am Haken, die geformt sind wie ihre Hände. Nur sie ist weg. Nur hat jemand helle Tücher über die Möbel im Wohnzimmer gelegt, als sei das Haus mit ihr gestorben. Vieles im Haus war weiß, wie Nonnas Haare. Jetzt sind die Farben alt, wie in einem Fotoalbum, Weiß ist Gelb und Schwarz ist Grau. Milla öffnet die Fenster und zieht die Leinentücher von den Möbeln. Deswegen ist sie da, damit das Haus noch mal leben kann, bevor jemand alles in Papier einschlägt und verschwinden lässt. Sie sind allein, sie und das Haus. Aber Jan kommt bald, denn er gehört zum Haus dazu.

Im Flur hängen die Fotos. Auf einem tanzen ihre Eltern in einem Silberrahmen, zwei Menschen mit viel zu jungen Gesichtern und engen Klamotten, in einem Raum, der mit Luftballons dekoriert ist. Jans Vater und Millas Mutter, die sich seit der Schulzeit kennen. Das war sein achtzehnter Geburtstag, sagt Nonna einmal, als die Kinder davorstehen und kichern.

Nonna schimpft nicht, wenn Jan und Milla mit schmutzigen Knien am Tisch sitzen oder ein Haus für Salatschnecken in ihren Beeten bauen wollen. Nur manchmal, wenn es ihr zu viel ist, sagt sie: Halt. Halt,

halt. Die Kinder lieben Nonna nicht nur dafür, wie sie ihnen abends die Bettdecke über den Körper legt, sondern auch, weil sie so selbstverständlich da ist jeden Morgen. Sie ist die Sonne, die sie weckt.

Im Sommer nachdem Jans Mutter stirbt, setzt ihn sein Vater zum ersten Mal vor Millas Tür ab, seitdem ist Jan dabei. Jedes Mal, wenn Millas Eltern das Auto packen, laden sie ihn ein, genauso selbstverständlich wie das aufblasbare Krokodil, das immer mitmuss, obwohl es am Strand nur Löcher kriegt. Alles, die Kinder, das Krokodil, die Eimer und die kleinen Sonnenschirme, laden sie zu Hause ein und bei der Großmutter wieder aus.

Und so bleibt es, fünf Jahre lang. Milla und Nonna und Jan finden ihren Rhythmus im Haus, ganz egal, was draußen passiert. Sie ernten die Äpfel. Jans Vater hat eine neue, schwarzhaarige Freundin, deren spitze Fingernägel Milla über die Wange kratzen. Im Haus spielen sie Verstecken. In Frankfurt sprechen Jan und der Vater beim Essen kaum. Im Haus machen sie Marmelade, und Nonna bindet ihnen Küchentücher um den Kopf. Wie Piraten. Im Haus lassen sie das andere Leben draußen, streifen es ab wie ihre Schuhe an der Tür und setzen sich zu Nonna an den Tisch. Im Jahr, in dem Jan sitzenbleibt, sind sie auch da. Es ist das letzte Mal, dass sie kommen dürfen. Sie bauen Papierflieger am Strand. Es ist kalt, und sie rennen den Weg zurück. Es hat lange gedauert dieses Jahr, weil Mama und Papa sich noch mit Nonna einigen müssen, so hat es Papa erklärt. Nonna schimpft leise über der Schüssel, in der sie die Sahne für den Kuchen schlägt. Als Millas Mutter die beiden abholt, hören sie die Stimmen der Erwachsenen bis auf den Dachboden. Nonna ist jetzt lauter, zum ersten Mal ist sie laut. Der Apfelkuchen bleibt ungegessen auf dem Tisch, die Umarmung zum Abschied ist kurz. Nonnas Schürze riecht nach Karamell und zu wenig Waschpulver, und Milla vergräbt ihr Gesicht darin. Als sie fahren, hebt Nonna die Hand und winkt, so wie immer. Nur ihr Mund ist anders, ganz verzerrt. Sie wissen nicht, was ist, sie wissen nur, dass gerade etwas passiert ist. Die Erwachsenen können das, Grenzen ziehen, die man oft nicht sehen kann.

Bist du böse auf Nonna, fragt Milla ihre Mutter, als sie und Jan im Auto auf dem Rücksitz sitzen, die Knie aneinander. Ihre Mutter sagt nichts.

Aber ihr vertragt euch wieder? Milla denkt, dass sie schuld sind, dass es die Äpfel waren, die sie aus dem Garten gegenüber geklaut haben, oder weil Jan ein Loch in der Hose hat vom Klettern. Nächstes Mal passen wir auf, versprochen.

Als sie zu Hause sind, sagt ihre Mutter nur: Manchmal vertragen sich Erwachsene nie wieder.

Milla ist zu verwirrt, um zu weinen. Stattdessen nimmt sie ihr viel zu großes Rad und fährt zurück zu Jan. Jans Vater ist weg, in Korea oder irgendwo, wo er hinterher buntes Plastikspielzeug mitbringt oder Computerspiele, die Jan nie spielt. Sie überlegen, wo sie hinkönnen zusammen, weit weg von hier, und wie. Sie packen seinen Ranzen voll mit allem, was sie brauchen: Müsli und ein Seil, ein Klappmesser, warme Socken, eine Decke und die Taschenlampe. Jan trägt das Zelt, sie die Luftmatratze. Er will Zugtickets am Schalter kaufen, sie stehen in der Halle, eine Stimme dröhnt durch die Lautsprecher, alles verschwimmt. Milla hält sich an Jans Arm fest. Er ist der Einzige, mit dem das geht. Wo sind denn eure Eltern, fragt der Mann in Uniform. Sie bekommen kein Ticket. Später sitzen sie auf dem Spielplatz, gestrandet, erst konnten sie alles und jetzt nichts. Ihre Beine baumeln in der Luft, er malt Kreise in den Sand mit einem Stock.

Und jetzt?, fragt sie.

Weiß nicht.

Am Abend klingelt ihre Mutter an der Tür und nimmt Milla mit ins Auto. Milla schreit. Das ist nicht mehr mein Zuhause, und die Mutter zuckt zusammen unter ihren Worten. Ein Satz trägt die Kinder durch die Zeit: Wenn wir groß sind, machen wir es anders.

*

Sie ist groß, jetzt, und Milla fragt sich, ob sie es wirklich anders machen. Erst als Nonna tot ist, kommen sie zurück. Warum sie nicht mehr ins Haus dürfen, haben sie nie wirklich erfahren. Milla steht im Flur im Obergeschoss. Am Ende des Ganges führt eine steile Holztreppe zum Dach. Milla steigt die Stufen hoch und zählt. Sechs. Sieben, acht. Die alte Treppe knarrt beim siebten und beim achten Schritt, wie immer. Früher spielen sie: Wer auf die Stufe tritt, die knarrt, der hat verloren. Milla ist noch nicht ganz oben und sieht nur die verstaubten Holzdielen im Halbdunkeln, atmet die warme, schwere Luft.

Hier oben sind sie oft. Die Kinder haben ein grünes Zelt auf den Dachboden gebaut, für die Pläne.

Okay, sagt Jan, seine Stimme noch hoch und zart damals. Er balanciert auf dem Rücken, wie ein Käfer, zwei Finger an den Zehen und die Beine in der Luft, die nach Plastik riecht.

Du gehst nach New York oder nach London, nach Rom oder Australien und schreibst über alles, was du siehst. Dann reist du ein paar Monate durch den Amazonas, die ganze Zeit schreibst du alles in ein kleines Buch auf, und das wird dann dein erster Roman. Bis dahin sprichst du fließend Englisch, Brasilianisch und Inuit. Ein großer Fernsehsender wird auf dich aufmerksam, und du bekommst deine eigene Show, dein Roman wird verfilmt, da spielst du natürlich mit und führst Regie, und dann machst du Leonardo DiCaprio zum Hauptdarsteller, der muss dich dann küssen.

Milla gluckst.

Und dann?

Dann heiratest du den natürlich in einem riesigen Brautkleid, und ihr lebt auf einer Insel zusammen, auf Madeira oder Madagaskar, mit Palmen und ganz vielen Kindern. Das ist der Plan.

Und ich, sagt Jan und lässt die Beine sinken. Er

dreht sich auf die Seite zu ihr, er ist jetzt ganz nah und schaut sie an, voller Erwartung.

Du, sagt Milla. Du. Also du kommst mit nach New York und in den Amazonas auch, und während ich schreibe, zeichnest du alles, was wir sehen, und außerdem lernst du ganz toll kochen, wenn wir in Rom sind. Dann kannst du jeden Tag für mich Spaghetti bolognese machen. Und auf der Reise treffen wir den König von New York, den zeichnest du, und dem gefällt es so gut, dass er dich im Museum ausstellt. Dann ziehst du da in eine große Wohnung mit riesigen Fenstern, und von der Badewanne aus siehst du das Wasser und die Flugzeuge im Himmel. Und eins davon landet dann vor deiner Tür, da sind TKKG drin und sagen: Hey, wir haben gehört, du kannst super zeichnen. Wirst du unser Phantomzeichner? Und dann irgendwann kommen die UFOs und nehmen dich mit, weil die im Weltraum auch Porträts wollen, und den Rest deines Lebens fliegst du dann durch die Galaxien und zeichnest. Manchmal, wenn ich die Sterne von oben sehen will, holst du mich ab. Und wenn du müde bist, kommst du zurück, kochst mir Spaghetti und badest in deiner Wanne.

Das ist der Plan. Er reicht ihr die Hand.

Versprochen. Dann schlafen sie ein auf ihren Luftmatratzen und glauben, ein ganz bisschen wird es so.

*

Es quietscht, viele Jahre später, und Milla dreht sich auf den Stufen um. Sie kennt jedes Geräusch im Haus: das hohe Surren des Boilers, das Grollen des Kühlschranks, das Klappern der Fensterläden und das Kratzen der Siebenschläfer auf dem Dach. Doch das ist es nicht. Sie steigt die Treppe nach unten. Es quietscht noch mal. Draußen schließt jemand das Gartentor. Sie öffnet die Tür, auf der Fußmatte steht ein Karton mit zehn frischen Eiern. Manche braun, manche weiß, mit Federn daran. Zehn Jahre war sie nicht mehr hier. Zehn Jahre lang hat sie den Namen nicht ausgesprochen, bis sie fast vergessen hat, dass es ihn gibt. Er nur noch eine Figur aus einem Märchen war, das sie als Kind geliebt hat, wie eine Fee, eine Prinzessin, in deren Königreich sie sich vorm Einschlafen wünscht: Marianne, ruft Milla in den Garten, aber niemand antwortet.

Die Blätter sind hellgrün. Milla steht in der Tür und schaut auf die Bäume vor dem Tor. Als könnte nichts passieren hier, als stehe die Zeit still, als sei es den Blättern egal, wer hier ist und sie anschaut, beim Blühen, die Knospen, beim Verwelken. Die Äste starr im Nebel morgens, wenn es kalt ist, so kalt, dass die Rohre kein Wasser geben. Milla könnte jeder sein: ihre Mutter, eine alte Frau, kalte Luft, Jan oder Kristina. Vielleicht stehen sie bald hier im Haus, alle beide am Fenster, und er legt ihr die Hand auf die Schulter. Ist Kristina jemand, die gern an Fenstern steht? Milla weiß nichts von ihr. Sie weiß nur von Jan. Neben wem er einschläft. Wo er aufwacht. Sie weiß nicht mehr, ob er die Milch morgens noch im Stehen aus der Packung trinkt oder welche Farbe sein Bettzeug hat. Vielleicht ist es grau. Oder grün. Grün, vielleicht – ob er noch Zimt über jedes Müsli schüttet, auch das mit Zimt, morgens, mittags und manchmal auch nachmittags, nur abends nie. Ob er noch die blaue Jacke mit dem Brandloch hat, ob er mit derselben Kraft in die Pedale tritt und mit schnellen Atemzügen durch die Gassen schießt, während Milla am Schreibtisch sitzt und die Schläfen mit den Fingern kühlt. Ob er an Millas Sommersprossen denkt und sich sein Herz dabei zusammenzieht.

Milla nimmt eine Jacke mit Wachsschicht vom Haken neben der Tür, für den Wind, der Schlüssel klappert in der Tasche, ein Gefühl von Zuhause. Sie hat Lust zu spazieren, einfach zu gehen und nicht stehen zu bleiben. Sie läuft den engen Weg durch die Gräser, bis sich auf dem Boden Dreck mit Sand mischt. Früher rennt sie hier entlang, während die Erwachsenen noch das Auto auspacken. Weg. Manchmal zieht sie den Badeanzug schon zu Hause in Frankfurt an, unter das T-Shirt, ihre Mutter schüttelt den Kopf und lacht. Er zwickt und ihr wird zu warm im Auto. Aber sie will sofort dorthin. Schwimmen und im Wasser schweben, als sei sie ganz allein.

Vor Milla glänzt das Meer wie Quecksilber. Sie steht am Dünenkamm. Ist das schön, die Weite und die Farben, die Gräser und der weiße Sand, so weiß und gar nicht so viel Algen heute. Am linken Rand joggen zwei Frauen durch den Sand, Neonfarben und zwei Pferdeschwänze, die fast im Gleichtakt schwingen. Rechts, links. Eine Uhr, die tickt. Der ganze Tag, alles, ist Warten auf Jan. Milla krempelt die Hosenbeine hoch und läuft im seichten Wasser. Ein paar Muscheln zerspringen unter ihren Füßen. Hinten steht noch der Leuchtturm wie ein starker, alter Baum, den man nicht gefällt hat. Sie schaut darauf und weiß, sie sollte jetzt etwas fühlen, etwas Tiefes so wie Freiheit oder Glück. Tränen, vielleicht. Aber es passiert nichts.

*

Milla geht zum Markt. Kauft zwei rote Paprika, Käse, Baguette, frische Kräuter und Spargel an den niedrigen Ständen im Dorf. Die Worte passen in ihr Ohr, schmiegen sich, so schön, so schön und dicht. Sie geht zum kleinen Stand am Rand, die Stimmen werden dünner hier. An einem Tisch die Frau mit dem Chignon, die eine grünkarierte Schürze trägt. Ihr Blick ist wie Milchglas. In den Haaren steckt ein brauner Kamm, der mit silbernen Wellen verschmilzt. Am Holztisch verkauft ihr Sohn Blumen, bindet große Lilien mit seinen kurzen Fingern, zieht Gräser aus den Plastiktöpfen, ruft ihr Kilopreise zu, es duftet nach Grün. Von weiter weg das Raunen, Lachen, Kinder, ein Hund bellt. Die Frau schaut auf die Münzen in ihrer Hand und den Spargel, bewegt sich nicht und lächelt. Ihr Sohn ist schnell, er kommt und hilft, an ihrer Seite. *Merci*, sagt er und dreht sich um.

In der Küche wäscht Milla den Spargel im Waschbecken, sattes Grün gegen blasses Grau. Das Emaille hat viele Kratzer. Kaltes Wasser spritzt auf ihren Bauch, und die Finger werden kühl, sie wäscht die Stangen und es quietscht. Im Hintergrund singt Edith Piaf, und Milla summt dazu.

Ein Motor und Licht. Der Kies knirscht. Türen, Stimmen, eine laut und eine leise, eine vertraut und eine fremd. Der Kofferraum. Gepäck. Irgendetwas schleift. Eine leere Wasserflasche fällt mit hohlem Klappern. Schuhsohlen auf Stein. Milla schaut hoch und sieht sich in der Scheibe, ein zartes Gespenst, die Wangen rot und ihre Augen weiß.

Sie sind da.

*

Milla, sagt sie, viel zu laut, Milla, und tritt über die Schwelle. Die Umarmung ist fest. Milla atmet Haare, die kitzeln an der Nase und den Wangen. Kristina riecht nach Kardamom und Zimt. Jan steht dahinter, groß und still und zart. Sie sieht ihn durch einen Schleier. Dann lässt Kristina sie los. Da ist er. So wie immer. Sie schaut ihn an und erkennt alles. Ein zu großes T-Shirt am langen, dünnen Körper, die roten Haare wirr vom Kopf abstehend. Er ist so groß, dass Milla sich auf die Zehenspitzen stellen muss, bis sie ihn richtig umarmen kann. Dann ist sie so nah, dass sie den Plastikring sieht, der auf seiner Pupille schwimmt. Na, sagt er. Alles fällt von ihr ab: der Stress, die Distanz zwischen ihnen schmilzt. Er hebt sie, bis ihre Füße schweben, dann setzt er sie zurück auf den Boden, fährt ihr kurz über die Nase. Sie hält ihre Hand dahin, wo Hals in Schulter übergeht, an ihre Lieblingsstelle. Na, sagt Milla leise und zieht ihr Kleid zurecht. Sie spürt Kristinas Blick auf sich. Auf einmal sieht Milla ihre viel zu weißen Beine und wünscht sich, sie könnte sie verstecken. Wie war die Fahrt?

Es ist fast Abend, die Sonne scheint wie Kupfer durch die Fenster, steht Kristina tief im Gesicht, sie fängt sie mit den Haaren. Ihre Augen leuchten, ihre Haut ist so braun, und sie hat einen gelben Fleck auf dem weißen Shirt. Ein Schimmer auf der Schulter, da, wo die Knochen sind. Warum leuchtet alles an ihr? Als müsse man sie malen. Gut, sagt Kristina, kaum Stau. Dann strahlt sie, übers ganze Gesicht, ihre Zähne sind weiß und ihre Lippen voller Blut, Milla, sagt sie, viel zu laut, ist das schön hier! Milla lächelt unbestimmt.

Hunger?, fragt Jan.

Hunger!, ruft Kristina.

Alles lebt, pulsiert an ihr. Sie wirkt sorglos, als sammle sie Pläne wie Treibgut am Strand.

Ich hab sie gerettet, sagt Jan und fährt ihr übers

Knie, so zaghaft, als sei er vierzehn, mit ihr im Kino und würde beim Gähnen den Arm ausstrecken. Er hat Kristina gefunden, vor ein paar Tagen nach der Abgabe, wie sie ihre Daumen in Ton vergräbt. Sie arbeitet schon wieder, weil dieser eine Prof so ein Arschloch ist. Sie soll alles noch mal machen. Keine Seele, Frau Perez. Ihre Sachen haben keine Seele. Sie gehen den bequemen Weg. Aber Sie müssen durch den Schmerz, sagt er. Also nimmt Jan sie mit ins Haus.

Milla schneidet den Spargel in gleichmäßige Stücke, noch den Singsang vom Markt im Ohr und die bunten Stände, alles riecht nach strengem Käse, nach frischen Blumen, nach Kräutern und überreifen Früchten. Sie setzt Wasser auf, denkt an das Meer vorhin, wie die Gräser sich biegen und der Wind schmeckt. Der Käse, der am Papier klebt, landet an ihrem Finger, dann in ihrem Mund. Er schmilzt auf der Zunge, erst cremig und dann scharf, hat der Käsemann vorhin gesagt. Es stimmt. Sie tanzen ein bisschen, jeder für sich, Milla beim Schneiden und Jan beim Tischdecken. Kristina verschwindet durch die Tür.

Es ist das erste Mal, dass einer spricht, seit sie allein sind. Millas Stimme klingt höher als sonst, und er merkt es.

Komisch, wieder hier zu sein, sagt sie.

Ja?

Ja.

Wegen Kristina?

Nee, antwortet sie, ein bisschen zu schnell.

Kristina kommt zurück und stellt ein paar Flaschen Wein auf den Tisch, dreht sich zu Jan, der gerade die Gläser aus dem Schrank holt. Sie schmiegt sich an ihn und schwingt ihre Hüften im Takt. Es klirrt, zwei Gläser fallen. Fuck, sagt Jan. Tut mir leid.

Nicht schlimm, sagt Milla, nicht schlimm, und kippt die Scherben in den Müll. Kristina holt Nonnas alte Flaschen aus dem Keller, und Jan schmeißt ihre Gläser vom Tisch. Nicht schlimm.

*

Sie sitzen im Kerzenschein und kratzen den Käse vom Brett. Ihre Münder sind fast blau vom Wein, dunkle Ränder um die Lippen. Die Flamme flackert. Kristina fährt mit ihren Fingern hindurch, hält sie kurz in der Mitte, da, wo das Feuer milchig ist. Milla zählt die Sekunden, vier, dann fünf, und wartet, dass sie zuckt. Kristina zuckt nicht, sondern zieht langsam die Hand zurück. Ihre Finger sind kurz, ein bisschen dünner vorne, fast wie bei einem Kind. Sie kann sich nicht vorstellen, wie diese Hände einen Pinsel halten oder Jan berühren.

Kristina ist anders als seine Freundinnen davor. Sie ist anders als die Frauen, mit denen Milla groß geworden ist, die Parfümmädchen, die eine große Flasche aus dem Bad an ihren Hals halten, dann ein paar Schuhe von der Mutter aus dem Schrank anziehen und zu Frauen werden, deren Haare immer gut gekämmt sind. Sie werden zum Klavier und zum Ballett geschickt, manche wollen lieber Hockey spielen oder reiten, also dürfen sie das. Der Kreislauf wird nicht durchbrochen, er darf nicht durchbrochen werden und es gibt auch keinen Grund dazu. Es gibt ja keine Probleme, außer das mit den Jungs. Dass man plötzlich wegwill aus dem Elternschoß und einen fremden erkunden. Aber das geht irgendwie auch, zur Not heimlich, nachts. Ich schlaf bei Magda heute, ich bei Milla. Und die Jungs sind ebenso gut gekämmt und tragen frische Hemden, so wie ihre Väter. Die Kinder kommen aus Häusern, aus guten, die auch immer so riechen.

Kristina benutzt kein Parfüm. Sie erinnert Milla an den Urwald, an etwas Wildes, das nur da wächst, wo es herkommt. An Erde und Wurzeln und Gewürze, die nah am Boden wuchern, und den Duft von Pfeffer, der nach dem Regen von der Erde aufsteigt. Sie weiß nicht, dass es da, wo Kristina aufwächst, auch die Parfümmädchen gibt, die Tommy Girl tragen oder Chanel. Dass Kristina in einem großen Haus wohnt, jeden Morgen vom Fahrer zur Schule gebracht wird und eine saubere Uniform mit Faltenrock anhat, wie alle, während sie an einer grünen Blätterwand vorbeifährt. Nur dass Kristina dabei das Fenster aufmacht, ganz weit, bis der Wind ihr die Haare zerzaust, und dass ihr Rock am Abend viele Flecken hat. Im Garten wühlt jemand an ihr, der nicht nach Wäsche riecht, und ihr Vater weiß nichts davon.

Und woran arbeitest du gerade?

Auf Millas Gesicht ist kein Platz für Kristinas Antwort. Kristina schluckt, ein bisschen laut und hustet kurz. Arbeit, das sagen alle, die keine Ahnung haben, was sie macht. Es klingt wichtig. Als gäbe es was zu tun. Stattdessen steht sie in einem leeren Raum und baut Klötze zusammen, wartet darauf, dass ihr jemand sagt, wie groß etwas ist, für das sie sich zu klein fühlt.

Installation. Also eigentlich was zwischen Installation und Skulptur. Ich hatte dieses Semester so ein Wahlmodul. Auf einmal ist ihre Stimme anders, fester, lauter. Als wolle sie sich selbst überzeugen, dass das alles richtig ist. Groß und wichtig ist das alles. Milla spürt die Stille nach jedem Satz. Alles klingt für Kristina so dumm, so klein, so kindisch. Das passiert immer, wenn sie darüber spricht.

Wir haben was mit den Filmleuten gedreht, und das Ganze ist in einer großen Halle. Eine Freundin von mir tanzt, ich glaube, es wird gut.

Sie hat Angst, dass es schlecht wird. Dass jemand nackt durch einen Raum tanzt, im Hintergrund ein paar Bilder von Mülltonnen, und keiner etwas sagt, außer: interessant. Kristina will irgendwo reinspringen und das Semester abwaschen, den Ton und das ganze helle Licht, die langen Nächte und die Stimmen, die zu laut sind. Keiner ist sich einig. Keiner weiß, wohin er will, aber alle wollen irgendwas. Besser werden. Größer. Dafür feiern sie sich. Ein paar Tage bevor Jan Kristina mitnimmt, feiern sie Sommerparty an der Kunsthochschule. Kristinas Mund ist himbeerfarben, sie malt sich einen Lidstrich und singt dabei: *I'm running late, they'll close the bar.* Alle sind da. Alle sind wach, alle trinken Bier und lachen und sehen so schön aus dabei. So wie sie.

Kristina lässt ein Streichholz abbrennen, fast bis zum Rand, dann nimmt sie den schwarzen Stängel zwischen die Finger und zerkrümelt ihn zu Staub. Schwefel hängt in der Luft, Wärme, Kondenswasser und die Schärfe von zu heißem Olivenöl.

Spielst du?, fragt Milla Jan und neigt den Blick zur Seite. Dort steht das Klavier zwischen zwei Regalen voller Bücher, darauf alte Notenblätter, ein paar Muscheln und eine Koralle vom Strand. Heute nicht, sagt Jan. Er spielt früher, sobald sie da sind. Während Milla durch die Felder zum Meer rennt, zieht Jan den Hocker ans Klavier und spielt. Wenn sie zurück ist, außer Atem und ganz nass, hallen die Töne durchs Haus, während sie sich unter der Dusche das Salz vom Körper wäscht. So war es. Immer.

Bitte, sagt Milla. Sie will ihn spielen hören, als sei es noch so. Er lächelt kurz, steht auf und stellt sein Glas auf das Klavier neben die Noten. Als er auf dem Hocker sitzt, lässt er seine Knöchel knacken, einmal rechts, einmal links. Milla lächelt. Er öffnet den Deckel, legt die Hände auf die weißen Tasten, die darunter noch glänzen. Behutsam. Aber er berührt sie kaum. Spielst du nicht?, fragt Milla. Statt zu antworten, setzt er sich zurück zu ihnen und nimmt einen großen Schluck Wein. Heute nicht, sagt Jan noch mal, und eine Schwere liegt darin. Milla ist sicher, wäre

Kristina nicht da, er würde einfach spielen. Aber sie ist da, bald an all ihren Plätzen, und merkt nicht, dass sie dort nicht hingehört.

Milla wartet. Die Treppen sollen knarren. Kristina soll schnell sein. Ihr Raum dunkel sein und nach Mottenkugeln riechen. Sie soll sich dort aufs Bett legen, so wie sie ist, und von unten Jans kehliges Lachen hören, und ab und zu ein zweites höheres, Millas, bis sie einschläft, irgendwann. Doch Kristina sitzt da. Ihr Gesicht in warmem Licht, der Blick auf der Flamme, als sie erzählt und mit dem Wachs etwas formt. Sie macht eine Kerbe. Es sieht aus wie ein Herz.

An der Wand hängt ein Foto über dem Klavier. Das graue Steinhaus mit den grünen Fensterläden, der Oleander, der Lavendel, ein bisschen Gras und Kies und Grün, daneben Milla. Sie winkt. Er hat die Hände in den Taschen und macht eine Blase mit dem Kaugummi, die gerade noch nicht platzt.

Wie alt seid ihr da?, fragt Kristina und deutet zur Wand.

Acht Jahre vielleicht, antwortet Milla.

Ihr seht glücklich aus, sagt sie.

Wie Kinder, sagt Jan.

Sie schauen sich an, Kristina und Jan. Und alles zerspringt. Alles, an das Milla sich hält, der Leim, mit dem sie klebt, jetzt an morgen, heute an die Zukunft. Dass er nur will, dass es warm ist neben ihm. Dass eine Frau mit schönen Beinen, die er abends an sich ziehen kann, sein T-Shirt trägt, die ihn küsst, wenn er sich morgens zum Toaster beugt und einen zierlichen Fuß auf dem Schoß hat, während er Kaffee trinkt. Eine Frau, von der er weiß, wie ihr Shampoo riecht, die sich nachts an ihn drückt, in die Kuhle an seinem Hals presst und ihre Haare im Abfluss lässt. Milla will, dass dieser Mensch verschwindet, so wie er gekommen ist, plötzlich. Und am Ende sind es nur noch Jan und sie.

Sie hat gedacht, dass sie es planen können. Wie es später wird, welches Licht durch die große Wohnung fällt und wie sich das anfühlt, wenn man den umarmt, der darin wohnt, ein großes Essen für all die Freunde kocht, seine Bilder an der Wand. Das ist die Zukunft, wie sie sie planen. Und als er diesen Job in Frankfurt annimmt und in den einundzwanzigsten Stock fährt, tut es weh, denn jetzt ist Milla allein. In einer anderen Stadt wartet ihr Zimmer mit halbgelesenen Büchern, halbfertigen Hausarbeiten, halbgewagten Plänen. Die Zukunft bläht sich auf vor ihr und fällt wieder zusammen. Sie ist wie ein Abgrund, der sich auftut, nicht mehr wie ein Horizont. Sich vorstellen, wie die Zukunft wird, wie soll das auch gehen, ohne ihn.

Jan streckt die Arme hinter den Rücken, er sieht müde aus. Und morgen? Er fährt sich hinters Ohr und zieht an den Nackenhaaren. Millas Lippen werden zart bei der Bewegung. Sie kennt ihn, immer noch. Die Armbanduhr zeigt kurz ihr Metall. Kurz. Er gähnt. Und morgen?

Wir gehen schwimmen.

Sie sagt nicht: an den Strand.

Dienstag

Milla wacht auf. Sie ist mit dem Kopf zur Seite weggeknickt, ihre Stirn drückt an kaltes Glas. Hinter der Scheibe die Büsche, ein paar erste Lichter im Haupthaus. Der Tag hat noch weiche Linien. Sie ist immer noch hier. Fährt sich mit beiden Händen in den Nacken und fragt sich, ob Kristina schon auf ist. Milla fröstelt. Unten, zu ihren Füßen, liegt die Tasche, darin noch das Brötchen vom Vortag. Die Flasche am Boden ist leer. Ihr Mund schmeckt fahl.

Es ist eiskalt. Milla wickelt die Decke um sich. Sie versucht, wach zu werden, tippelt mit den kalten Füßen und startet den Motor im Leerlauf. Der Schlaf hat sie weggetragen, und die Welt, in der sie aufwacht, passt nicht mehr. Sie will mit Jan am Tisch sitzen, ihm Kaffee in die blaue Tasse einschenken und über duftendem Dampf mit ihm wach werden. Sie will ihn mit verschlafener Stimme erzählen hören, auf seine Hände schauen, die so viele wunderbare Dinge tun, nur nicht sie berühren.

Neben ihr hält ein kleiner Fiat, ein junger Mann

sitzt darin, viel zu lang für sein kurzes Gefährt. Er zieht den Schlüssel ab und schaut sie an. Milla hebt die Hand, alles okay. Er nickt, öffnet die Tür und stapft über den Kies, ohne noch mal zurückzuschauen. Milla denkt: Na, wunderbar. Emma noch im Bett bei Hanne, sie hier und allgemein keiner da, wo er hingehört.

Jan weg. Und mit ihm, das spürt sie jetzt und jeden Tag, fehlt das Gegenstück. Das Gemeinsame, geteilt nur zwischen ihnen, ihr Geheimnis, seit sie Kinder sind. Milla sagt einen Satz, schießt einen Ball und nichts kommt zurück, weil keiner mehr auf der anderen Seite steht.

Als alles noch gut ist, wissen sie es nicht. Sie tragen die Möbel in den vierten Stock in einen Berliner Altbau, bis die Matratze an den Wänden hängenbleibt. Sie stecken fest, zwischen Treppe drei und vier. Der Schaumstoff windet sich wie eine Schlange, nach links und rechts, und nichts passiert. Milla schaut auf Jan, der sich gegen die Wand stemmt, bis sein Gesicht in der Matratze versinkt. Sie lacht, bis ihre Knie nachgeben und die Augen feucht werden. Weil sie müde ist und ihre Arme weh tun, weil sie seit morgens auf sind und sie die Nacht vorm Umzug nie schlafen kann. Alles entlädt sich, die Anspannung, die lange Fahrt, hier im Treppenhaus beim Kampf mit der Matratze. Sie lacht und es hallt, dann lacht sie noch mehr. Jan sinkt auf die Stufen, den Schweiß auf der Stirn, neben sie, und lacht mit ihr. So sitzen sie, ringen nach Luft, bis ein Nachbar die Tür aufmacht. Er hat eine Glatze und ein Feinrippunterhemd, machense mal nicht so'n Radau. Am Abend essen sie Chinesisch auf den Kisten. Sie schauen sich um und staunen. Alles gehört ihnen. Die Stapel in den leeren Räumen, die Matratze in der Ecke. Das ist ihr kurzes, eingepacktes Leben.

Und es geht los, ganz von allein. Sie haben eine billige Bratpfanne und ein altes Radio und lassen ihr Rührei anbrennen, während sie durch die Küche tanzen. Es macht nichts. Sie bauen Regale auf und denken über den Strom nach, fahren in die Uni und betrinken sich danach. Jan raucht zu viel, und Milla küsst jemanden unter einer Brücke. Sie wankt mit Jan nach Hause, im Morgengrauen, an den Bäckereien vorbei, in denen schon Licht ist, und es riecht so gut, auf den Straßen, über die die ersten Autos fahren. Sie dreht den Schlüssel um, und er macht ihr Frühstück. Er findet immer Kaffee, überall. Sie essen auf dem Boden, weil sie noch keine Stühle haben. Er duscht zu lang, und sie schraubt die Deckel nicht richtig zu. Jan steht in Scherben, mit Himbeerjoghurt auf den Füßen, und Milla kommt viel zu spät zum Seminar. Die Vorhangstange ist schief, und die Klopapierrolle liegt auf einem Stapel Zeitschriften. Aber es ist ihres. Alles, was da zwischen diesen Wänden ist. Das Leben. Sie schaut hoch zum Fenster, wenn sie im Hof den Müll rausbringt, und macht ein Foto vom Klingelschild. Sie sind hier, zusammen. Weg, von da, wo sie vorher waren. Frei. Sie sagen neue Wörter, an die sich die Zunge noch gewöhnen muss. Seminar. Vorlesung, Klausurenphase, Zwischenprüfung, Kommilitonen. In Berlin lernen sie neue Leute kennen, welche, die sie schnell vergessen, und andere, die bleiben. Jonas und Kathi, Svea. Jan schmiert Milla ein Marmeladenbrot in der Küche, wenn er früh aufsteht, und sie schläft abends auf ihm ein. Eine Serie flimmert durchs dunkle Zimmer, und er sieht ihr Gesicht im Blitzlicht aus Farben. Da. Es ist, als ob etwas einrastet in ihnen. So fühlt sich das an: Zuhause.

*

Jemand klopft an ihre Scheibe. Milla schreckt hoch. Zwei Männer beugen sich zu ihr nach vorn. Sie kurbelt das Fenster runter.

Guten Morgen.

Milla ist zu müde, um zu lächeln, und räuspert sich stattdessen.

Guten Morgen. Sie will normal klingen. So, als gehöre sie zur Welt, die im Tal ihren Gang geht.

Sie wissen, dass Sie hier nicht stehenbleiben können, sagt der eine. Er hat einen dichten grauen Bart und große, fahle Backen.

Ich wollte meine Freundin besuchen, sagt Milla. Und dabei wird plötzlich alles schwer. Sie sieht Kristina in ihrem Zimmer, zarte Schultern gegen Schwarz.

Der Jüngere beugt sich näher ans Fenster: Sind Sie Frau Anton?

Ja, sagt Milla, erstaunt darüber, dass ein Fremder ihren Namen ausspricht, als würden sie sich kennen.

Frau Perez hat nach Ihnen gefragt.

Als Milla nicht reagiert, sagt er: Es ist Frühstückszeit. Kommen Sie mit?

Es ist der Lange aus dem Fiat neben ihr. Er hat schwarze Locken und sehr dichte Wimpern. Nach seiner Frage nickt er aufmunternd. Kommen Sie?

Gerade wollte Milla noch nach Hause. In ihr Bett. In eine andere Zeit. Sie sagt: Ja.

Der Ältere starrt entsetzt in die Richtung seines Kollegen, sucht seinen Blick und findet ihn nicht.

Also ich glaube nicht, dass wir die Dame so einfach …

Frau Anton ist eine Freundin von Kristina. Kristina Perez, sagt der Junge.

Diesmal finden sich die Blicke der zwei Männer. Der Ausdruck des einen wechselt den Besitzer, etwas Unbestreitbares darin. Kurz darauf sagt der Ältere: Gut, dann kommen Sie mit.

Und Milla kommt mit. Sie geht mit denselben Beinen wie gestern über denselben Kies, den Rasen, den Linoleumboden, durch die Schranke hinter dem Rücken des jungen Pflegers her. Sie folgt ihm bis in eine Halle, aus der es auch morgens nach Mittagessen riecht. Hier bleiben sie stehen. Der Mann spricht kurz mit einer Kollegin, sie nickt und lächelt Milla zu. Kristina Perez. Der Name ist wie ein Passwort, Eintrittskarte in eine hell erleuchtete Welt aus Linoleum und Neonröhren. Hier lang, sagt die Frau und lässt die Silben verschmelzen. Eigentlich ist es ein schöner Raum. Man kann den Park sehen und den Weg, der sich zwischen Bäumen windet. Eine Uhr neben dem Vorhang zeigt Viertel nach sieben. Emma ist wach.

Die Möbel erinnern Milla an den Kindergarten. Rote Sitze und orangefarbenes Holz, alles ist klobig. Zu groß, um es einfach wegzutragen, stabiles Umfeld nennt man das. In der Ecke, in einem Erker mit Fenstern, sitzt Kristina neben einem großen Farn, der aussieht wie aus Plastik. Der Raum ist fast leer bis auf eine kleine Gruppe Menschen, die zusammensitzen, ohne sich anzuschauen. Manche folgen Millas Schritten mit den Augen über ihren Kaffeetassen.

Wo kommst du her, sagt Kristina, mit einem Blick auf Millas Haare und ihr müdes Gesicht. Bist du nach Hause gefahren?

Nein, sagt Milla. Und dann sagt sie, ohne zu überlegen: Ohne dich fahr ich nicht.

Kristina zerteilt ihr Spiegelei und lässt das Gelb auf den Teller fließen.

Magst du was?

Keinen Hunger, sagt Milla. Hast du das Tagebuch gelesen?

Jan hat die besten Eier gemacht, sagt Kristina.

Ja.

Butterweich, sagen sie, beide zusammen, es hallt ein bisschen an den Wänden. So hat Jan es genannt.

Und dann, zum ersten Mal, lachen sie, beide zusammen.

Es klingt anders als früher, Kristinas Lachen. Es ist vorsichtig geworden, kommt von oben, aus dem Hals.

Milla nimmt einen Schluck Kaffee aus Kristinas Tasse.

Hier, sagt Kristina und greift in ihren Bademantel.

Auf den Tisch legt sie das schwarze Buch.

Für dich. Ich hab es letzte Nacht gelesen.

Draußen beginnt ein neuer Tag. Eine Ärztin läuft den Weg zum Haupthaus entlang, ihr Wintermantel flattert über dem Arztkittel. Jetzt, zur gleichen Zeit, kocht Hanne Teewasser auf in ihrer kleinen Küche und sieht, was sie dringend gießen muss, während ihr Emma an den Socken zieht. Währenddessen sitzen Milla und Kristina hier neben dem Farn vor einem Spiegelei. Zwei Freundinnen, wenn sie das mal waren, irgendwann.

Zehn Minuten später fährt Milla aus der Einfahrt in den Wald. Im Rückspiegel sieht sie noch die weiße Fassade, den Kiesweg, das kurzgeschorene Gras. Alles wackelt. Das Lenkrad vibriert. Die Straße verschwindet zwischen Tannen, mal nach links und mal nach rechts. Der Platz neben ihr ist leer, bis auf das Tagebuch. Zum Abschied hat Milla einen Satz gesagt. Sie sagt ihn fast zu leise, um ihn selbst zu hören: Ich kann das nicht allein. Dann kommt eine Schwester und nimmt lautlos das Besteck zur Seite. Kristina schreit fast.

Wohin? Wohin sollen wir? Es ist überall gleich, verstehst du das nicht? Es wird nicht besser, weil du jeden Tag an einem Schreibtisch sitzt, statt ... hier.

Dazu macht sie eine Bewegung mit den Armen

durch den Raum, am Farn und den Vorhängen vorbei. Die Schwester schaut Milla an. Dann, ganz sanft, berührt sie sie an der Schulter. Milla steht auf. Es knarrt laut. Zeit zu gehen.

Lassen Sie sie, Frau Anton. Kristina ist hier gut aufgehoben, das sagt ihr die Schwester auf dem Gang. Woher weiß sie, wo Kristina gut aufgehoben ist? Was heißt das überhaupt?

Ihr Kopf ist dumpf. Milla fühlt sich wie nach einer Fiebernacht mit Emma. Sie kann noch nicht zurück. Kristina geht es gut, sagt eine fremde Frau. Emma, deiner Mama geht es gut, soll sie zurückgehen und das sagen? Emma aus Hannes Armen nehmen und in das alte Leben tragen, ohne Kristina? Vorhin schreibt Milla eine SMS an Chef. Krank. Sie ist jetzt erst mal krank. So lange, wie es dauert, bis ihr Leben gesund wird. Nach ein paar Kilometern kauft Milla an einer Tankstelle Cola und eine Tüte Chips. Dann, kurz vor einer Lichtung, hält sie an. In ihrer Tasche das kleine schwarze Buch, in dem Jans Worte warten.

Milla hört nur ihren Atem. Sie greift in die Tasche, der Einband ist weich in ihrer Hand. Sie schlägt die erste Seite auf, stößt Luft durch die Nase. Es sind Jans Worte, sein geschwungenes M und die langen Striche, das F und das H und das T oder das J. Es sind seine Striche, seine Linien. Milla traut sich noch nicht, die Worte zu lesen.

Sie blättert nach hinten und muss lächeln. Natürlich schreibt Jan nicht nur, er zeichnet auch. Er zeichnet auf liniertes Tagebuchpapier. Über den Zeichnungen notiert Jan das Datum. Er beginnt im April, zwei Monate bevor sie ans Meer fahren. Er zeichnet ein Küchenfenster, einen Tisch mit Kaffee, die Stockwerke gegenüber. Seine Wohnung in Frankfurt. Milla blättert um. Auf der nächsten Seite ein Zimmer, eine Topfpflanze und ein Stuhl, darüber eine Uhr. Ein paar Jacken hängen an Haken. Dann die Hochhäuser, der Blick aus dem Büro. Auf der gegenüberliegenden Seite zeichnet Jan ein Mietshaus. Seine Striche sind schnell, sie haben mehr Kraft als in den Zeichnungen davor. Dann, an den Händen und Haaren, an den Gesichtern, an Mündern und Augen werden sie zart, als hätte er darüberradiert. Milla sieht seine Finger vor sich, wie er die Lippen schürzt und das Papier schräg hält beim Zeichnen, hört das Kratzen auf den Seiten. Er zeichnet Leben, aufeinandergestapelt: Eine Frau sitzt auf dem Bett vor ihrem Laptop und macht sich einen Zopf. Im Stockwerk darunter frühstückt ein altes Paar am Küchentisch. Es ist das Haus gegenüber von Jans Wohnung. In der Wohnung war Milla nur einmal, nach seinem Tod.

Das Auslandssemester bricht Milla ab, damals, aber sie erzählt es keinem. Sie fährt nach Frankfurt, zu ihren Eltern, dann in die Wohnung. Jans Vater spricht nicht mehr mit ihr, seitdem sie ihm erzählt, was passiert ist. Jan ist tot, muss sie sagen, immer wieder. Nicht nur zu ihm, sondern zu allen. Milla muss Kisten packen, Jans Sachen aussortieren. Irgendjemand muss. Der Vater will damit nichts zu tun haben, mit dem, was sein Sohn zurückgelassen hat. Er will Menschen anrufen und dafür bezahlen. Von Hanne bekommt Milla die Ersatzschlüssel.

Das Haus ist grau und hoch, mit Aufzug, es sieht so ähnlich aus wie die Türme, in denen die Menschen hier zur Arbeit gehen. Ein paar Geranien blühen auf den Balkonen. Im Flur riecht es nach Putzmittel und kaltem Zigarettenrauch. Jan wohnt im vierten Stock. Dort ist das Leben, das sie nicht kennt. Nur ein paar Sachen in der Wohnung erkennt sie, Sachen von Jan. Es ist eine Einzimmerwohnung. Der helle Laminatboden ist glatt, es gibt keine Pflanzen, nur Möbel von Ikea. Das Zimmer ist klein, das Bad noch aus den Sechzigern, lindgrün. Eine kleine offene Küche. Auf der Arbeitsplatte steht Müsli mit Zimt, daneben eine Schüssel.

Milla läuft durch die Wohnung, zieht Schubladen auf und öffnet Ordner, sieht, was Jan aufgehoben hat von früher, einen alten Tischtennisball aus dem Landheim und Schulhefte, in denen manchmal ihre Handschrift steht: B. ist ein Arsch. In fünf Minuten zum Kiosk?

Milla sieht den Schrank voller Anzüge und dass er drei verschiedene Zahnpastatuben im Bad hat. Sie würde ihn necken, wäre er noch da. Sie packt ein paar Kisten und füllt ein paar Säcke für die Kleiderspende. Es dauert länger, als sie denkt, weil sie nichts wegschmeißen kann, noch nicht mal das Ü-Ei auf dem Fensterbrett. Alles ist wichtig, alles ist seins.

Die Sachen sind ein Zeichen: Hier. Hat er. Gelebt. Hier wurde gelebt, gerade noch. Keine Hand darf deshalb berühren, was er zuletzt berührt hat. Ein letzter Rest vom Leben klebt daran. Seine Stimme auf ihrem Handy, die Zahnbürste im Bad, die Summe seiner Teile, die er auf der Welt zurückgelassen hat. All das ergibt fast einen Fetzen Jan. Daran hält sie sich fest.

Sie könnte zu ihren Eltern fahren zum Schlafen. Aber sie will hier sein, da sein, wo Jan gelebt hat, zuletzt und ohne sie. Sie legt sich aufs Sofa, nicht ins Bett. Sie will nicht unter einer Decke liegen, die auf Jans Körper wartet, der nicht kommt. Es wird Nacht, und der Mond scheint zu hell auf seine Sachen. Milla kann nicht schlafen hier. Sie steht auf und kippt alles in eine Kiste, alles von der Ablage, aus dem Bad und den halbleeren Regalen. Sie schiebt die Kiste in den Flur, weit weg von sich an die Eingangstür. Dann legt sie sich zurück aufs Sofa und versucht im Halbdunkeln, die Muster auf der Tapete nachzufahren, bis sie einschläft. Es geht nicht.

Sie fährt auf ihrem alten Rad durch die Nacht, die stummen Straßen, nur Laternen und der Mond darüber. Die Luft ist auch jetzt noch warm. Zu Hause legt sie sich in ihr Kinderzimmer, in ihr altes Bett und stellt sich vor, dass nichts wäre. Es tut gut, so zu tun, als gäbe es ihn nicht. Nicht nicht mehr, sondern einfach gar nicht. Sie stellt sich vor, wie sie als Kind alleine schaukelt, eine unsichtbare Hand hält, als sie auf dem Balken am Wasser spaziert, allein im Baum sitzt und Kerne spuckt. Eine kleine Weile beruhigt sie der Gedanke. Dann kommt das Gefühl zurück, dumpf und unausweichlich. Es gibt ihn, es gab ihn eben doch.

Eine halbe Stunde später steht Milla auf. Steigt aufs Rad, und fährt zu seiner Wohnung zurück. Im Flur steht noch die Kiste. Milla packt sie wieder aus, hängt sein altes Handtuch zurück und stellt den Kaffee ins Regal. So wie es war. Alles wieder so, wie er es gelassen hat.

✻

Es vibriert vier Mal in Millas Tasche, dann erst geht sie ran. Sie ist noch woanders, bei Jan. Dabei sitzt sie im Auto an der Lichtung, das Tagebuch auf ihren Knien. Hinten verschwinden ein paar Hasenbeine im Wald. Frau Perez für Sie, sagt eine Stimme, die gewohnt ist, offiziell zu klingen. Es dauert. Einen Moment lang hört Milla nichts. Dann Kristinas Stimme. Sie ist ruhig.

Okay, sagt sie. Hol mich ab.

Sonst sagt sie nichts. Kristina hat aufgelegt.

✻

Milla steht an der Straße neben dem Auto und tritt auf der Stelle. Sie ist zu nervös, um zu sitzen. Ihre Haut ist blass, und man kann ein paar erste Linien sehen, über der Stirn und in den Augenwinkeln. Es könnte bald Abend werden. Der Tag so weiß, dass es keine Uhrzeit gibt. Milla wartet. Vor ihr springt eine Ampel von Grün auf Rot. Kommt sie? Sie kommt. Ein alter Bus kämpft sich den Berg hoch, langsam, er bleibt stehen an einem blassen Haltestellenschild. Jemand hat den Fahrplan in Plastikfolie eingeschlagen, der Regen hat die halbe Woche weggewischt. Leute steigen aus, niemand ist Kristina.

Milla wünscht sich Rauch, den sie in die kalte Luft stoßen kann, etwas zwischen den Fingern, die Wärme von Feuer auf ihrem Gesicht. Sie hat keine Schachtel dabei. Milla raucht fast nie, bäh, sagt Emma sonst, du stinkst. Die Finger werden immer kälter, sie ballt sie zu Fäusten. Nur die Hände nicht in die Taschen stecken, dort wo Jans Zettel ist. Nonna erzählt früher, wie die Kinder heiße Kartoffeln in den Mänteln tragen, im Winter. Alles verschwindet unter Schnee, da wo sie herkommt. Sie wohnen am Berg. Dicker Schnee drückt grüne Nadeln zu Boden, und Nonna rauscht daran vorbei. Auf Skiern, so kommt sie zur Schule. Nonna wohnt schon lang nicht mehr dort.

Manchmal erzählt Jan Milla von den Eltern. In seinem Kopf sind sie zwei Pole, der Vater und die Mutter. Ihre Wärme, seine Kälte, sein Schweigen und sie, die immer redet, manchmal sogar, bis der Vater schläft. Und aus beiden entsteht etwas Neues. Das ist seins. Nur seins, das ist Jan. Trotzdem ertappt er sich dabei, wie er mit geschürzten Lippen über seinen Skizzen sitzt, die Beine übereinanderschlägt, genau wie er. Wie der Vater, denkt er und zuckt zusammen, arrangiert die Beine anders, nebeneinander, nur um zehn Minuten später wieder dasselbe zu tun. Noch mal von vorn. Warum er sich so wehrt, weiß er nicht genau. Was ist denn so schlimm daran, an dem, was sie teilen: das Blut, die Zeitung, die Art, wie sie die Beine übereinanderschlagen und die Lippen schürzen. Sie sind eben verwandt. Aber es gibt noch etwas anderes: die Mutter. Sie erfindet gern Geschichten. Wenn sie eine Tasse wegräumt, stellt sie sie manchmal ins falsche Regal, so wie Jan später als Junge, als sie schon nicht mehr da ist. Träumer, sagt der Vater dann.

Ein paar Autos fahren vorbei, noch ein Bus. Milla reibt die Hände aneinander. Ein älterer Mann steigt aus, er zieht seine Einkäufe in einem Trolley hinter sich her. Irgendwo hinter dem Hügel leuchtet ein Neonschild. Auf dem Boden liegt ein bunter Prospekt mit Sonderangeboten, Fleischwurst und Fruchtjoghurt. Kristina ist unterwegs, sitzt in einem Bus oder vielleicht im Taxi? Ob sie isst? Milla fragt sich, ob sie jetzt zwei Kinder hat, Kristina und Emma, die sie versorgen muss. Da, Kristina, iss doch noch was. Ich will nicht. Hätte sie es bleiben lassen sollen? Hol mich ab, hat Kristina gesagt. Sie schreibt Milla eine SMS, ein paar Minuten nachdem sie anruft. Darin eine Uhrzeit und der Name einer Haltestelle ein paar Kilometer entfernt. Milla fährt hin und fragt sich, ob Kristina kommt.

Ist Kristina auf dem Weg? Hat sie ein paar Blätter Papier unterzeichnet, die Hand ihrer Ärztin geschüttelt? Überrascht, wie schnell es geht? Milla stellt sich vor, wie sie ihr nachschauen, als sie mit einer Sporttasche den Gang entlang zur Pforte geht. Wie Eltern, die ihr Kind zum ersten Mal durchs Schultor laufen sehen. Fast vier Jahre lang lag genau hier, zwischen Gras und Empfang, die unsichtbare Wand. Der Chefarzt schüttelt ihr die Hand, als sei er sehr stolz auf sich. Ihr wird Mut zugesprochen, über den Arm gestreichelt und auf die Schulter geklopft. Alles Gute, Frau Perez. Machen Sie's gut. Und mit diesem Satz ist sie frei. So einfach.

Kristina sitzt im Bus, zwischen Rentnern und ihren karierten Wägen. Bald sind die Häuser da, ein Traktor parkt auf dem Hof, und Kühe zerren Heu aus dem Trog. Noch ein paar Leben, die am Straßenrand liegen, auf dem Weg von ihrem zu Millas. Sie war fast vier Jahre lang nicht mehr wirklich hier, in der Welt, die man drinnen »draußen« nennt. Draußen ist das anders, wir sind hier nicht draußen, die draußen verstehen das nicht, weißt du, die draußen dachten, ich bin verrückt. Das sind die Stimmen von drinnen, die Kristina jeden Tag hört, jemand, der sich nach der Gruppentherapie neben sie auf die Parkbank setzt, ein Gespräch auf dem Gang oder beim Frühstück, das anfängt, ohne dass sie es will.

Ein Vater pflückt seinen Sohn von der Mittelstange, er protestiert und strampelt mit den Beinen gegen seinen Bauch. So stinknormal ist das Leben, immer noch. Keiner hat auf sie gewartet, keiner außer Milla. Kristina schaut auf die Felder und ignoriert, dass ihr schlecht wird. Schlecht auch, dass sie für alles sofort Diagnosen im Kopf hat. Atemnot, Herzrasen, Panikattacke. Ein Laster rattert auf der Gegenspur vorbei, er ist laut, so laut, dass Kristina Gänsehaut bekommt. Etwas ist geblieben, wenn sie die Augen schließt: das erste Bild vom Strand. Sand und Wolken. Ein Ast, der fast ins Meer ragt, wenn die Flut kommt. Sie weiß, wo er gesessen haben muss. Aber sie weiß nicht, wann. Sie hat ihn nicht zeichnen sehen, nie, das ganze Wochenende lang.

Kristina drückt auf Stopp, wie auf dem Schulweg früher. Sie sieht Milla von weitem. Sie steht da, müde und kraftlos, neben ihr dasselbe rote Auto wie damals. Aber sie lächelt. Kristina steigt aus, sie trägt nur einen kleinen Koffer und die gleiche dicke Jacke, mit der sie sonst im Park hinter den Toren spazieren geht. Sie gehen aufeinander zu, bis der Abstand zwischen ihnen fast nichts mehr ist. Dann bleibt Milla stehen. Der Bus fährt an, weiter, das Brummen wird leiser. Kristina ist da, sie macht den letzten Schritt zu ihr und Milla legt die Arme um ihren dünnen Körper. Sie wirkt kleiner, als hätte die Zeit sie geschrumpft, wie das Haus, und sie riecht nach weniger, viel weniger nach sich. Sie halten sich fest, die Ampel springt von Rot auf Grün. Und dann auf Rot.

Wohin?, fragt Milla, als sie im Auto sitzen.

Nach Hause, sagt Kristina, und Milla weiß nicht, wo das ist.

*

Es ist gerade Mittag, als sie in die Straße in der Vorstadt einbiegen, in der die Reihenhäuser stehen. Gut gepflegte Gärten, ein paar Topfpflanzen und Tannenzweige auf den Rosen. Die Garagen sind leer, viele sind bei der Arbeit, manche einkaufen. Aus den Fenstern riecht es nach Hausmannskost, nach Bratkartoffeln und Speck. Ein Radio läuft. Milla steht vor Hannes Tür auf den Steinplatten und zögert, ob sie klopfen soll. Doch die Tür geht auf, ganz von allein. Milla schaut hoch. Da steht Hanne.

Ich hab euch kommen sehn, sagt sie, vom Küchenfenster. Kommt rein. Sie lächelt so warm. Kurz bleibt ihr Blick an Kristina hängen. Dann drückt sie beide an sich, in ihre weichen Arme. Milla muss schlucken, um nicht gleich zu weinen. Als sie loslässt, hält Hanne ihre Hand auf Millas Schulter und führt sie sanft den Gang entlang.

Kommt. Habt ihr Hunger? Sie stehen in der Küche, vor der großen Anrichte mit dem bunten Geschirr. Daneben, auf dem kleinen Tisch, dampft ein Teller mit Kartoffeln, Spinat und Ei.

Liebes, sagt Hanne zu Kristina. Hanne ist eine Mutter, die selbst nie eine sein durfte. Sie hat keine Kinder, Jans Tante. Die Frau, die immer da ist, für ihn und auch für Milla, besonders seit Jans Tod. Hanne trägt die dunkelblaue Schürze. Ein paar Mehlflecken sind daran, hinten ein kleinerer, gefächert wie ein Stern, wie eine Kinderhand. Es gab Pfannkuchen, heißt das. Fast kann Milla den heißen Teig noch riechen.

Hanne nimmt noch zwei Teller aus der Vitrine, darauf sind kleine rote Tupfen. Milla sieht nur Hannes kurzen Rücken, ihre Handbewegung von hinten. Sie wischt sich eine Strähne aus dem Gesicht, Milla kennt die Geste. Sie kann Hannes Gesicht dabei sehen, wie sie die Lippen aufeinanderpresst und die Stirnfalte bekommt. Die Kartoffeln dampfen aus dem Topf und auf Hannes runde Wangen. Sie nimmt den Löffel, verteilt zwei große Portionen für die Gäste auf die Teller. Sie sitzen auf Plastikhockern, Hanne in der Mitte. Vor Milla steht ein Blumenteller voll mit Kartoffeln. Kurz dreht sich alles. Sie können nicht zurück. Sie sind hier, sie beide. Kristina ist so nah jetzt. Langsam lösen sie das Schweigen auf, Wort für Wort.

Milla löffelt ein paar Bissen in ihren Mund und kaut ziellos. Kristina isst ihren Teller leer mit einer Dringlichkeit, die Milla überrascht. Vielleicht ist Kristina hungrig, hungrig auf alles, was nicht aus der Kantine kommt. Auf draußen. Über die Teller hat Hanne Kräuter gestreut. Wie lang hat sie keine frische Petersilie mehr gegessen, Essen, das jemand für sie gekocht hat und auf einen schönen Teller legt in einer echten Küche, in einem Haus, in dem jemand lebt, ein und aus geht, in den Urlaub fährt, ohne dass jemand Zweites es erlauben muss. Draußen. Da gibt es das.

Hanne räumt ihre Teller in die Spülmaschine und schiebt Millas halbe Portion zurück in den Topf. Sie kocht Tee. Es rauscht. Kristina schaut zu Milla, und fast sieht sie ein bisschen weniger blass aus, als hätte sie frische Luft in den Lungen. Hanne stellt drei Tassen auf die hellgraue Tischplatte. Es sind unendlich kleine Muster darauf, die Kristina mit dem Nagel nachfährt. Hanne schenkt den Tee ein, der dampft und nach Bergamotte riecht. Sie stellt ein Kännchen Milch auf den Tisch und Zucker.

Dann erst sagt Hanne: So.

Und als keiner antwortet, rührt Hanne helle Wolken aus der Tasse und sagt: Wollt ihr erzählen, oder soll ich fragen?

Sie führt ihre Tasse zum Mund.

Milla schaut auf Hannes Hände, gefaltet im Schoß, ihre Augen, die auf ihr liegen, fest. So hat sie ihr schon vieles erzählt in diesem Raum. Und Hanne hört immer zu, erlebt es durch Milla. Noch mal. Jung sein. Doch heute ist es anders. Sie lächelt nicht.

Kristina fährt immer noch die Muster mit dem Finger nach, hat jetzt den Blick aus dem Fenster gerichtet, in den Garten.

Hanne lässt sie sprechen. Kristina und Milla erzählen, wie Jan einfach weg ist und sie es erfahren. Dass sie allein sind, mit Kristinas wachsendem Bauch. Als sie Jan beerdigen und Kristina am Grab steht, sieht man den Bauch nicht, aber sie fühlt ihn. Etwas. Ihr ist schlecht, noch in der Kapelle. Die Übelkeit überdeckt auch die Trauer, sie konzentriert sich auf ihren Atem. Ein und aus. Später, im Gasthaus, in dem sich Menschen Hände schütteln und Wurstbrote essen, rennt sie aufs Klo. Jemand tätschelt ihr die Schulter, geht's, Liebes. Ohjee, so blass. Nach der Beerdigung nimmt Milla Kristina mit nach Berlin. Nachts schreit sie. Sie schläft bei Milla im Zimmer, auf einer Matratze vor ihrem Bett. Sie schreit und hört nicht auf. Milla hält sie, manchmal schreit sie mit, manchmal ist sie still. Irgendwann schläft Kristina ein, erschöpft. So kann es nicht weitergehen, aber so geht es weiter. Es bleibt so: Kristina auf der Matratze und Milla darüber, immer bereit, immer halbwach, wie mit einem kranken Kind. Manchmal, in solchen Nächten, ruft Milla Jans Vater an. Es tutet einmal, zweimal, und sie legt auf.

Irgendwann, Milla kommt vom Einkaufen in die Wohnung und stellt eine Tasche mit Kartoffeln, Dosenpfirsich und Rechnungen auf den Tisch, ruft Kristina aus dem Bad: Ich hab' einen Termin.

Bis jetzt haben sie nur zugeschaut. Unter der Dusche schaut Kristina nach unten und sieht, wie ihre Brüste wachsen, für jemand anderen. Milla kann sehen, wie Kristinas Bauch sich unter ihren T-Shirts unausweichlich wölbt wie ein Versprechen. Kristina redet davon, wie bald ein Kind an ihren Brüsten hängen könnte, ihr Körper fremd und anders. Sie sagt hängt, nicht liegt, nicht schmiegt, säugt oder trinkt. Sie sagt hängt, weil es sich so anfühlt für sie. Als hinge etwas an ihr, wie ein Gewicht. Anders, fremd.

Es geht ganz leicht, sie muss nur das Taxi rufen, mehr nicht. Ein paar Stufen hochgehen, sich ausziehen, sich hinlegen. Jeden Tag denkt sie daran, und die Tage verstreichen. Und dann ruft sie wirklich ein Taxi und fährt, steigt aus, setzt sich hin auf den Stuhl in der Klinik. Es gibt keinen richtigen Wartesaal, sie sitzt im Flur und starrt die Plakate an. Sie blättert Broschüren. Schaut ihr keiner in die Augen? Sie hat es nicht versucht. Nur einmal, jetzt, sie schaut hoch. Eine Frau mit einem Lauch im Einkaufskorb. Sie hat einen kleinen Jungen dabei, und ihr Bauch ist schon sehr dick. Er und Kristina sind die Jüngsten hier. Die Frau hält ihn an der einen Hand, während er sich müde an sie lehnt, und tippt mit der anderen in ihr Handy. Eine dunkelblonde Strähne fällt ihr ins Gesicht, da, neben die Stirn. Ihre Haut glänzt. Ein Paar, eine ältere Frau mit dicken Beinen, mehr Gesichter, alle haben ihre Mäntel aufgehängt. Kristina zieht ihre Jacke an sich und sucht nach der Lasche für den Haken. Die Broschüre über Menopause fällt ihr von den Knien, sie bückt sich und denkt an ihren roten Bauch unter der Dusche. Sie bildet sich ein, dass sie es schon spürt, das Kind. Dass es schon Platz macht, sich einnistet und ihren Bauch jeden Tag ein bisschen runder macht. Sie weiß nicht genau, warum sie hier ist. Es macht ihr Angst, das mit dem Einnisten. Jemand Fremdes in ihrem Körper, doch fremd ist falsch. Das Kind ist ein Stück sie und ein Stück er. Zumindest unterm Mikroskop. Die Frau mit der glänzenden Haut steckt ihr Handy zurück neben den Lauch. Macht ihr das keine Angst?

Kristina kommt zurück, bevor jemand die Tür aufmacht und ihren Namen sagt. Milla und sie sitzen danach beide auf dem Küchenboden, im Schneidersitz, die Pupillen groß und die Hände auf den Knien. Und jetzt? Milla hat sie umarmt, als sie kommt, einfach umarmt und geflüstert: Zum Glück. Irgendwann, in der Nacht, hat Milla die Idee. Am nächsten Tag packt sie sie ins Auto und sie fahren ans Meer, zurück ins Haus.

*

Jetzt ist Emma da. Sie sitzen vor Hanne, und Milla redet davon. Warum sie das Auslandssemester abbricht und so selten zu Besuch kommt, obwohl sie doch gerade erst schwanger ist und es vieles zu besprechen gäbe. Dass Kristina bei ihr wohnt, in ihrer alten Wohnung in Berlin, bis es zu sehr auffällt, dass Millas Bauch immer noch nicht dick ist. Dass sie ins Haus fahren, weil Kristina das Kind nicht behalten will und Milla es nicht verlieren. Es ist ein Stück von Jan, das in Kristina wächst.

Wir wussten nicht, wo wir sonst hingehen sollen.

Hanne hält eine Hand vor die Lippen. Die Falten in ihren Mundwinkeln sind tief, doch sie lacht nicht. Ihr Blick haftet jetzt nicht mehr auf Milla, er ist nirgendwo. Sie kombiniert im Kopf, Zahlen und Fakten, Anrufe und alles, was Milla sagt, warum sie kein Weihnachten feiern kann so kurz nach Jans Tod, nach dem Auslandssemester noch das Praktikum in Paris macht, nie vom Vater erzählt und warum sie ihr Kind nicht in Deutschland bekommt. Als sie mit Kristina im Haus ist, denkt Hanne, Milla arbeite bei einem Pariser Verlag. Dass sie das Auslandssemester abgebrochen hat, erzählt Milla ihr nicht.

Jan war einfach weg, sagt Milla, als würde es alles erklären. Sie weiß, dass es nicht reicht. Zumindest nicht für Hanne.

Milla erinnert sich, wie sie auf einmal wieder im Haus auf dem Bett sitzt, sie Kristina Suppe kocht und sie ein paar Dörfer weiter zum Ultraschall fährt. Wie die Ärztin denkt, die junge Mutter weint vor Glück. Wie sie Emma bekommt, in einem kleinen Krankenhaus zwanzig Kilometer vom Haus entfernt, und die Hebamme zu ihr sagt: Félicitations, Mademoiselle Anton.

Milla spricht wieder, langsam, ihre Zunge bleibt dabei am Gaumen hängen. Wir hatten eine Ärztin aus dem Nachbardorf, die nicht viel gefragt hat. Wir haben einfach meine Personalien angegeben. Wir wollten nicht, dass Emma ins Heim kommt.

Hanne hält immer noch ihre Hand vor ihre Lippen. Millas Blick auf den Fliesen und Kristina, die sich mit den Händen über das Gesicht streicht, als wolle sie etwas dahinter vertreiben. Milla nimmt einen Schluck Tee. Die Milch lässt ihn weich werden auf der Zunge.

Du wusstest es, fragt Milla.

Hmm, macht Hanne, eine lange Stille folgt danach.

Dann sagt sie: Als du zum ersten Mal mit Emma kamst, sahst du aus, als hättest du ein Gespenst dabei.

So war es. Für Milla war es, als sei Emma noch nicht Emma, sondern ein Überrest von Jan. Als habe ihnen jemand Jan genommen und gegen Emma ausgetauscht.

Kristina sagt: Ich bin müde. Sie steht auf, sie wartet nicht. Milla geht mit ihr, legt die Taschen ab im Gästezimmer, davor Emmas bunter Sportbeutel und am Bett ein paar Hausschuhe mit Hasenohren. Hannes Gästezimmer gehört Emma. Kristina bleibt stehen, als hätte sie die Tür in eine fremde Welt geöffnet. Sie setzt sich aufs Bett, neben die Stapel aus Kinderbüchern, ein paar verwaiste Bauklötze und eine Mondlampe auf dem Nachttisch. Sie hebt den kleinen Schuh in die Höhe und schaut ihn an.

So groß, sagt Kristina, und auf einmal tritt ein Strahlen in ihr Gesicht, ein Lächeln, wie Milla es noch nie gesehen hat.

Ja.

Wann kommt sie?

Wir holen sie um fünf, sagt Milla.

Okay, sagt Kristina und atmet einmal tief aus. Ich muss jetzt schlafen. Sie schlägt die Decke zurück.

Ich weck dich später.

Mhm, nickt Kristina in ihr Kissen.

Milla schließt die Tür.

Also doch. Als müsse Kristina alles auf einmal nachholen, was sie verpasst hat: das Essen, das Schlafen und das Lieben.

*

Hanne sitzt am Tisch und stellt gerade die Tasse ab, als Milla zurückkommt.

Mi.

Sie setzt sich, und Hanne nimmt ihre Hand, sie ist schlaff.

Hast du dir das überlegt, was du da machst. Ihre Stimme sinkt am Ende des Satzes nach unten. Anders als bei einer Frage.

Ja, sagt Milla. Seit vier Jahren, sie lacht trocken dabei. Milla weiß, dass es kein Richtig mehr gibt, aber es gibt zumindest etwas, das besser ist als das, was war.

Hanne schenkt ihr nach, Milla sieht die Deckenlampe in ihrer Tasse schwimmen.

Dann sagt Hanne: Und wie ist es mit ihr?

Hanne schaut Milla an, direkt, blaue Augen und die Lider, die darüber fallen.

Schön. Und traurig.

Schön ist schön und traurig gehört dazu, sagt Hanne.

Sie drückt ihre Hand fest.

Milla fährt mit ihren Augen die Konturen der Anrichte entlang. Und dann, ein paar Sekunden lang, ist alles in ihrem Kopf einfach weg, da ist nichts mehr, an das man denken kann oder was sich besprechen lässt. Alles weg.

Wo wollt ihr leben?, fragt Hanne.

Weiß ich noch nicht. Bei mir, erst mal.

Ihr könnt auch jederzeit …

Nee. Das will ich nicht, Hanne. Sie unterbricht sie. Aber danke. Das ist lieb.

Lieb. Ein Wort für Hanne, das fast hämisch klingt.

Dann, ohne Vorwarnung, sagt Hanne: Ihr müsst es ihm sagen.

Hanne.

Milla, das mein ich ernst. Er hat das Recht.

Es stimmt, was Hanne sagt. Jans Vater, Hannes Bruder, hat das Recht. Aber Milla und er reden nicht. Sie versucht es mit Briefen. Er antwortet nicht. Der Vater will nicht von ihr hören, und Milla weiß nicht, was sie sagen soll. Also schweigen sie.

Aber es stimmt, was Hanne sagt. In dem Moment, in dem Milla am Montag aufsteht und aus dem Büro geht, hat sie entschieden, für sie alle, dass etwas passieren muss. Die Fugen sind aufgeplatzt, und darunter kommt etwas hervor, etwas Neues. Es ist befreiend, kurz, als es beginnt, aber gerade, als sie Hanne gegenübersitzt, Kristina nebenan in Emmas Zimmer schläft und sie die neuen Gewichte spürt, die jetzt an ihren Schultern ziehen, jetzt wünscht sie sich, sie hätte alles so gelassen, wie es war, vergraben unter der Oberfläche.

Ich weiß, sagt Milla und legt den Kopf in die Hände. Hanne legt ihr eine Hand auf die Schulter. Die Kraft entweicht aus ihrem Körper.

*

Kristina hört ihre Stimmen durch die Wand, sitzt aufrecht in Emmas frischgemachtem Bett. Daneben steht Millas Tasche. Kristina lehnt sich vor und zieht das Tagebuch heraus. Sie blättert durch die Seiten. Alles rauscht an ihr vorbei, rauscht in ihrem Kopf und ihren Ohren. Die letzten Stunden, die Fahrt und Millas Besuch. Und jetzt das Zimmer, fremd, all die Möbel, all die Dinge hier, die sie nicht kennt, die sie fast erdrücken. Sie kann nicht schlafen jetzt, unmöglich.

Zuerst liest sie seine Worte, kurze, gehetzte Sätze über seinen Alltag, die Tage in der Firma, die alle zu einem werden: Aufstehen, Arbeiten, Sofa und Bier, manchmal Afterwork auf irgendeiner Rooftop-Bar. Seine Schrift wird hastig, am Ende, und die Buchstaben brechen aus, als hätte er keine Lust mehr, sie ordentlich über die Linien zu setzen. Dann, weiter hinten, im Mai, hört er auf zu schreiben. Stattdessen zeichnet er, als sei er müde, nach neuen Worten zu suchen, um immer Gleiches zu beschreiben. Er zeichnet auch die Bucht, im Juni.

Auf dem Kopfkissen hat Kristina ein blondes Haar gefunden. Sie platziert es neben sich, andächtig, als würde sie es schlafen legen. Etwas von Emma. Etwas von Jan. Etwas von ihr selbst. Sie schließt die Augen, bis sie endlich nichts mehr sieht, keine Hausschuhe und auch nicht Jans Gesicht im Wasser, wie er strahlt, die Arme ausgebreitet und die Sonne in kleinen Wellen um ihn bricht. Dann öffnet sie die Augen wieder und schaut auf die Striche, seine. Die Bilder beruhigen sie. Es ist, als sei die Zeit etwas, das sich umdrehen lässt wie eine Sanduhr. Alles läuft zurück, er ist noch da. Da drinnen, irgendwo. Seine Augen haben das gesehen, und das. Er hat die Zeit festgehalten für sie.

Manchmal schickt er Kristina Namen von Studiengängen, von Stipendienprogrammen auf der Welt, Orte, die nicht zu Hause sind. Ihr Handy vibriert, frühmorgens oder nachts, er hat Links geschickt zu Seiten, die nach Abenteuer klingen. Ein paar Tage lang plant er alles bis ins Detail, ist überzeugt, dorthin zu gehen und nicht mehr ins Büro. Mit neuen Freunden in einem Park zu sitzen, anders als zu Hause, aber irgendwie auch gleich. Und später, wenn sie älter wären und auf der Welt verstreut, könnten sie sagen, damals, in Stockholm. Als wir jung waren. Er sehnt sich danach, mit ihnen Zigaretten zu teilen, neue Filme und Bücher auf Listen zu schreiben, im Museum vor einem Bild zu stehen und zu spüren, wie etwas aufwacht in ihm, das zu Hause schläft. Er würde in einer kleinen Wohnung im Obergeschoss wohnen, die eine baufällige Terrasse hinten an der Küche hätte. Morgens nach dem Aufstehen würde er dort rauchen und die Sonne über sein Gesicht streichen lassen. Eine Frau würde aus seinem Bett steigen, zu ihm kommen, noch verschlafen, und er würde ihr zusammen mit der Sonne über ihren schönen Rücken fahren. Dabei könnte er die Stadt sehen, die Häuserpassagen von Wien oder Rom, die Schluchten von Taipeh oder Tokio.

Sie verbringen ein paar Stunden dort, Kristina und Jan, und reden von der neuen Welt, die er betreten könnte. Er sitzt im Büro und sucht mit schnellen Fingern nach Sprachkursen, während seine Kollegen Bilanzen erstellen. Und ein paar Tage später wacht er auf und merkt noch nicht mal, dass er es vergessen hat. Die Wohnung mit Balkon in Rom, die Freunde im Park. Taipeh oder Wien. Er ist wieder nur noch hier und schiebt zähe Tage vorwärts. Mir fehlt die Zeit, sagt er, wenn sie ihn fragt. Kristina schaut ihn an: Was denn für 'ne Zeit?

Nur kurz nachdem er aufwacht, bei der ersten Zigarette, zeichnet er, was er sieht, nicht was er sich ausmalt, sondern das vor seinen Augen.

Er zeichnet auf liniertem Papier in sein Tagebuch, am Anfang zwischen die Einträge, am Ende über ganze Doppelseiten: die Sonne, die aufgeht. Die Uhr, die sieben Uhr dreißig zeigt. Die Bucht, Kristina blättert um. Noch mal die Bucht. Auf dem letzten Bild ist ein Baum umgestürzt, am Strand liegen Äste und Blätter. Der Morgen nach dem Sturm. Alles das liegt darin.

*

Halb fünf, Milla klopft.

Hast du geschlafen?

Kristina schüttelt sich, schüttelt die Zeit ab, die noch an ihr klebt. Sie ist hier. Sie ist draußen.

Sie räuspert sich und hört sich selbst beim Sprechen zu, jeder Vokal kostet Kraft: Ein bisschen, sagt sie.

Kristina, ich fahr gleich zum Kindergarten. Milla setzt sich zu ihr ans Bett.

Oh, sagt Kristina.

Magst du mit?

Milla.

Ja?

Hast du das gesehen, sagt sie und hebt das Buch hoch. Die Seiten klappen auf, Milla sieht ein paar Striche, die sie erkennt, eine halbe Uhr, die Hochhäuser, Gräser.

Er hat den Strand zweimal gezeichnet, sagt Kristina.

Was meinst du?

Er war am Morgen schon mal da.

Und?

Glaubst du, er war im Wasser?

Ich weiß nicht.

Kristina sucht nach Milla und nach Worten. Jeder Satz nur die Hülle von dem, was sie eigentlich sagen will.

Ist das wichtig?, fragt Milla.

Ich finde schon, sagt Kristina. Ihre Augen fixieren etwas in der Ferne. Okay, sagt sie.

Ja?

Ich komm mit. Zum Kindergarten. Jetzt schaut sie Milla in die Augen, kurz, bevor ihr Blick abbricht.

Schön.

Kristina steigt aus dem Bett, das Buch unter ihrem Arm wie einen Erste-Hilfe-Kasten.

Meinst du, das ist okay? Ist das nicht zu viel für sie?

Kristina. Milla schaut sie an und berührt sie vorsichtig am Arm. Emma weiß, dass es dich gibt.

Kristina lächelt flüchtig und schaut zur Seite. Ach so.

Sie ist noch nicht ganz da.

Emma fragt oft, so wie sie fragt, ob der Mond und die Sterne befreundet sind: Kommt Mama mich irgendwann mal abholen? Als gäbe es auf alles eine Antwort, ja oder nein. Kein Vielleicht, kein Kompliziert in ihrer Welt. Alles andere machen die Erwachsenen. Und sie hat recht. Du hast recht, sagt Milla, ich hoffe, dass deine Mama bald kommt.

Auf einmal ist Kristina hier. Zwischen ihnen war lange ein unsichtbarer Vorhang. Er schirmt ihre Welten ab, voneinander, so dass sie gerade mal die Schatten sehen. Milla bei Emma und im Verlag, Kristina in der Klinik oder im Wohnheim in der Kleinstadt.

Dort lebt sie in einer Gemeinschaft auf Krücken, die immer wieder einbrechen. Sie findet Niko auf dem Bett, als er blutet. Jana bringt all die Männer nach Hause, die morgens verschwinden, ohne sich umzudrehen, oder das Nutella leer machen, ohne sonst noch was zu sagen. Manchmal geht Kristina zum Bahnhof und kauft sich was.

Milla versucht es, immer wieder, im Wohnheim oder in der Klinik. Sie ruft an.

Wie fühlst du dich?

Müde.

Was siehst du?

Eine kahle Baumkrone und den Kirchturm.

Welche Farbe hat der Himmel?

Grau.

Milla weiß, dass sie nicht kommt. Sie sagt es nie.

Kommst du?

Vielleicht.

Wann?

Ich weiß es nicht.

Wie ist es da?

Einsam.

Manchmal streiten sie am Telefon, Milla und Kristina. Kristina, die die Gleiche bleibt, egal, wo sie hingeht. Das ist der falsche Ansatz, Frau Anton. Keine Kritik, nur sanfte Gesten, sagt Kristinas Therapeut einmal zu Milla. Kristina versucht es, immer wieder. Näher am Leben, näher an Milla. Dann sitzt sie auf einem weicheren Bett und schaut auf andere Dinge, die Baumkrone und Kirchturm, bis irgendwas passiert und sie in der Klinik aufwacht. Dann schaut sie wieder auf die sauber bepflanzten Beete in der Klinik. An ihnen sieht Kristina, wie sich die Jahreszeiten ändern.

Kommst du? Vielleicht.

Wie geht es dir? Geht.

Nach ein paar Monaten hört Milla auf anzurufen. Sie zieht den Vorhang zu, und alles, was sie von Kristina sieht, verschwindet.

Jetzt ist Kristina da. Sie sitzt auf dem Bett, in ihrer Hand liegt Jans Buch. Auf der nächsten Seite hat er sie gezeichnet, Milla und Kristina. Beide schlafen, die Arme und Beine umeinander verschlungen. Kristina hat den Mund leicht geöffnet, ihr Kopf auf Millas Schulter. Friedlich. Sie sehen friedlich aus. Kristina schaut sie an. Sie sieht dieselben Augen. Mehr Glanz darin damals, Glück oder zumindest die Hoffnung darauf. Die Zeit spannt sich zwischen ihnen wie dünne Haut. Das Bild ist so nah und gleichzeitig so unglaublich weit weg. Ein Kippbild von damals.

Milla sieht ihn, wie er mit den Armen rudert, das Gesicht dazwischen. Er lacht. Eine Tür, die zufällt, ein Spalt Licht, dann dunkel, sie sieht Erdbeerflecken auf weißem Leinen, hohe Gräser im Wind, ein kleiner Punkt im Blau. Sie sieht Kristinas rote Augen und Jans blasse Stirn, wie sie sich an den Händen halten und ins Wasser springen. Den roten Abdruck im Nacken. Sie sieht ihn im Schatten und im Licht. Seine Augen zu, dann auf. Grün und Braun, ein schwarzer Ring darum. Milla könnte springen, jetzt, mit ihm, und versinken bis nach unten auf den Grund.

✻

Sie stehen vor dem Tor. Kristina ist noch angeschnallt. Sie warten, unruhig, jede auf ihre Weise. Fahrräder rattern über Pflasterstein, kleine Beine, Köpfe mit Helmen hinter Müttern und Vätern, zu denen Milla und Kristina nicht ganz gehören. Ein paar Kinder stehen oben auf der Kletterburg am Spielplatz und schauen über das rote Tor.

Lena!, ruft eine Kinderstimme. Es hallt.

Sophie, David, Yase, Eddie, alle Namen von denen, deren Eltern kommen und sie holen. Irgendwann werden die Namen weniger, nur noch ein paar Kinder stehen im Hof und warten. Emma ist oft die Letzte, wenn Milla gehetzt ihr Rad den Berg raufschiebt, manchmal mit Einkaufstüten voller Essen, manchmal auch mit nichts außer einer schnellen Stimme. Entschuldigung, Emmi. Es war so viel los, sagt sie dann und stopft Emmas Arm in eine Jacke, bindet ihr die Schuhe, bis Emma protestiert: Kann ich selbst! Doch sie kann es nicht und steckt die Schnürsenkel stattdessen einfach in die Schuhe. Auch gut, sagt Milla. Dann springt Emma von der Bank und läuft neben ihr mit wackeligen Schritten.

Doch heute sind sie früher da. Milla fährt besonders vorsichtig, als könne etwas schiefgehen auf der Fahrt. Kristina sitzt neben ihr, aufrecht. Sie geht kurz duschen, bevor sie losfahren, kämmt sich die Haare und leiht sich einen Pulli von Milla, die Angst hat, dass Kristina die Tür zum Bad von innen abschließt. Hanne macht ihr ein Brot und stellt ein Glas Milch auf den Tisch. Kristina ist schon groß, will sie sagen, aber sie verschluckt den Satz gerade noch so lange, bis sie merkt, wie sehr er stechen könnte.

Ein bisschen ist es, wie jemanden zur Prüfung fahren. Milla scannt jeden Meter, ein Fahrradfahrer von links, Mofa rechts, die alte Frau auf dem Gehweg, die sich plötzlich entscheidet, umzudrehen. Der Weg ist nicht lang, doch Milla merkt, wie nervös sie beide sind. Kristina hält ihre Hände im Schoß und drückt ihre Nägel in die Ballen. Weiß, dann Rot. Die Ampel springt auf Rot, und sie halten, Fußgänger vor der Motorhaube, dicht, sie sind in der Innenstadt und alles ist voll, alle bewegen sich langsam und niemand hilft ihnen, schneller zu sein, heute, wo sie mal schnell sein wollen nach so vielen Jahren. Milla seufzt an der Ampel.

Milla, sagt Kristina, aber darauf folgt nichts, außer atmen und nesteln mit den Händen.

Sie freut sich auf dich, sagt Milla. Zur Beruhigung, das weiß Kristina, aber es hilft.

Danke. Ich hab' gedacht, vielleicht kochen wir zusammen?

Ich glaube, Hanne kocht, sagt Milla knapp. Niemand darf das sonst in Hannes Haus.

Milla. Wie ist sie so?

Milla weiß, dass Kristina nicht von Hanne spricht. Sie wartet kurz mit ihrer Antwort.

Wunderbar, sagt sie. Ein bisschen wie du.

Ja?

Mutig, sagt sie. Und stur.

Und Kristina strahlt wieder das Strahlen, das

Milla noch nicht lange kennt. Es erfüllt ihr Gesicht, ihr Mund ist so breit und die Augen sehen so müde aus.

Ich geh' sie holen, sagt Milla. Bleibst du hier?

Sie will noch nicht, dass jemand sie fragt, dass sie erklären muss oder sich eine Antwort zurechtlegt.

Wer ist die ausgemergelte Frau in den zu großen Pullis und mit dem strohigen Haar?

Das, liebe Frau Herold, ist Emmas Mutter.

Ah! Großartig.

Grade aus der Psychiatrie entlassen.

Toll! Übernimmt sie Dienstag den Tortellinitag?

Mal schauen.

Milla muss lächeln. So ist es jetzt. Kristina in ihrem Leben, das ist entweder die Rettung oder die Apokalypse, oder beides. Alles so zerbrechlich. Ein normales Leben für Emma und zwei Menschen, die sie lieben. Die für sie sorgen und mit ihr über das Abendessen reden. Das wünscht Milla sich für Emma.

Milla klingelt, und das Tor öffnet sich zum Innenhof. Man erwartet sie schon. Ein paar Minuten später erscheint Emma auf den Treppenstufen, sie hat zerzauste Haare und bunte Kreideflecken an den Knien. Es geht los, sofort, in ihrem atemlosen Tempo.

Wir haben heute ein Schloss gemalt, so wie bei Harry Potter, und ich war der Geist und hab' alle verfolgt. Uuuuuuhhh, macht sie mit langem Atem und kitzelt Milla am Bein.

Und hatten alle Angst?

Nee, die haben gesagt, ich kling' wie 'ne Oma, sagt sie, und ihr Lachen mischt sich mit Millas.

Sie bindet ihr die Schuhe und sagt: Emmi. Sie nennt sie nicht mein Schatz, mein Herz oder mein Kind. Sie nennt sie Emmi, mit i.

Da draußen wartet jemand auf dich.

Emmas Augen werden groß.

Kristina fährt mit ihrem Blick über den Türgriff auf der Beifahrerseite. Bleibst du hier, hat Milla gefragt. Aussteigen, wegrennen, das alles überlegt Kristina wahrscheinlich, seit sie losgefahren sind, seit sie Emmas Zimmer bei Hanne betritt und die Schemen von Kuscheltieren sieht, ein langer Hals, Giraffe, viel Plüsch, Löwe. Damit spielt Emma, ihr Kind, dessen Haare neben ihr liegen. Sie sind sich nah, schon jetzt, und Kristina kann es kaum ertragen. Sie ist ein Mensch, den es für sie nicht geben soll, nie gegeben hat, genau wie Jan. Es ist leichter so. Das hatte sie entschieden, ohne Milla zu fragen.

Emma war noch rot, als sie das letzte Mal bei Kristina war. Viel zu viel liegt in diesem Funken Leben, das isst, schläft und schreit. Sie geht. Sie kann es nicht und weint jedes Mal, wenn sie sich in der Klinik die Milch abpumpt, während Emma woanders danach schreit. Sie hat den Impuls zu gehen, dieselbe Panik, die alles schwarz werden lässt und das Atmen schwer macht. Nein, denkt sie, als sie auf Emma wartet. Gehen, das hast du schon gemacht, Kristina. Kristina schaut auf die Bäume und die Kinder, die hinten am Geländer stehen. Vielleicht Freunde von Emma, die sie besser kennen als sie. Kristina sieht, wie sie die Köpfe heben, auf die Zehenspitzen gehen, weil sie warten, auf die Eltern.

Die Tür geht auf und spiegelt einen Moment alles verzerrt, die Straße, die Mauer mit Efeu, das kleine rote Auto. An Millas Hand läuft ein Mädchen in bunten Leggings, das ihr gerade so zur Hüfte reicht. Sie hat blonde Locken und lange, schlanke Arme. Ihr Ausdruck ist ernst, sie schaut zum Auto. Beim Gehen dreht sie einen Fuß leicht nach innen. Kristina kennt den Gang, von sich. So vertraut und trotzdem anders. Sie hat eine hohe Stirn, und sie anzusehen ist wie ein Schlag in den Magen. Trotzdem saugt Kristina es auf, alles, was Emma ist: wie sie sich umdreht und der Erzieherin winkt, mit so viel Leichtigkeit, weil ihr Körper noch nicht schwer ist. Wie ihr die Locken in die Stirn fallen, aus welchen Augen sie zu Milla nach oben schaut. Wie sie sich auf die Lippe beißt. Das ist ihre Tochter.

Sie sind fast da, und Kristina versucht, sich zu sammeln, das heißt, tiefer zu atmen, obwohl ihr Herz so fest klopft, und zu hoffen, dass die Füße sie tragen.

Sie steigt aus, steht vor Milla und Emma und sagt: Hallo, Emma.

Emma schaut sie an und sagt nichts. Dann, an Millas Hüfte vorbei, leise:

Hallo. Mama.

Ein Gefühl durchflutet Kristina, als sie das Wort hört, Wärme, so viel Wärme und Angst.

Die Mama freut sich, dich zu sehen, Emmi, sagt Milla.

Guck mal, die hat deine Nase. Die Nase, sagt Milla einmal zu Emma, als sie fragt. Die hast du von deiner Mama.

Nee, sagt Emma da.

Zeig ihr mal, sagt Milla zu Kristina.

Sie geht in die Hocke, und Emma beugt sich langsam vor. Sie hält sich noch fest, mit einer Hand an Millas Bein. Mit der anderen fasst sie Kristina ins Gesicht.

Stimmt nicht, die ist viel größer.

Stimmt, sagt Kristina. Aber da wächst du noch rein.

Dann hört Kristina zum ersten Mal den hellen Wasserfall, der Emmas Lachen ist.

Als sie im Auto sitzen, wartet Milla auf Emmas Fragen. Aber sie sagt nichts, die ganze Fahrt. Kristina fragt sie ein paar Sachen, was sie heute im Kindergarten gemacht haben, was sie gerne isst, wer im Kindergarten ihre Freunde sind. Und Emma erzählt, stockend, hält sich noch zurück. Kristina, ein neues Element in ihrem Leben. Sie ändert die Ausrichtung von allem, was sie kennt, wie ein Magnet. Emma spürt es, als sie zu dritt im Wagen sitzen und die vertraute Stadt auf einmal so schnell vorbeizieht.

*

Hanne öffnet, und es riecht schon nach Essen, Eintopf mit Würstchen.

Muss noch ein bisschen ziehen, sagt sie, die Augen mit Sorgfalt auf dem neuen Paar. Vielleicht spielt ihr noch was?

Milla lässt sie vorgehen ins Zimmer. Sie wäscht sich lange die Hände und bleibt danach kurz bei Hanne in der Küche.

Und, wie geht es?, fragt Hanne.

Mal sehen.

Als Milla die Türe aufstößt, empfängt sie ein neues Bild. Kristina mit Emma auf dem Bett, zwei Kuscheltiere zwischen ihnen, die sie beide nicht beachten. Emma spricht und sie fragt, alles.

Und wo warst du, will sie wissen. Und wieso bist du jetzt hier? Konntest du da keinen Urlaub machen? Und Milla muss lachen, Urlaub, das hat sie von ihr. Sie weiß, dass die Erwachsenen das machen können, um zu gehen, wohin sie wollen.

Hast du an uns gedacht?

Und Kristina antwortet. Sie schaut kurz hoch zu Milla, die nickt und die Türe schließt.

In der Küche sagt sie zu Hanne: Ich glaube, wir geben den beiden noch ein bisschen.

Ja?

Ja. Emmi fragt sie gerade, warum sie keinen Urlaub nehmen konnte in der Psychiatrie.

Hanne lacht und legt den Deckel auf den dampfenden Topf, der warten kann. Sie streicht Milla über den Rücken.

Sie essen, zum ersten Mal zu viert. Milla malt Jans Umrisse auf einen leeren Stuhl. Da säße er. Emma greift nach einem Stück Wurst und schiebt es sich in den Mund. Sie kaut und redet gleichzeitig, ihre Stimme laut, vergnügt. Sie ist aufgedreht, und Milla denkt, wie geht die heute je ins Bett. Kristina sitzt da, wie ein neues Möbelstück. Ungewohnt und schön und fremd. Aber sie unterhalten sich, sie alle, und Hanne lächelt. Sie kennt Emma so vor Weihnachten oder ihrem Geburtstag. Wenn ihre Augen sich nicht schließen wollen, ihr Mund immer weiterredet und ihr Sachen aus den Händen fallen, sie es nicht mal merkt.

Milla sieht in Kristinas Augen: Angst, Bestimmtheit. Und dann das Strahlen, immer wieder, das ihr ganzes Gesicht ausfüllt. Respekt, vor dem, was Emma ist. Sie schaut Emma an, als glaube sie es nicht, dass es sie gibt. Was sie sagt, dass sie ein Mensch ist, der Witze macht, Dinge liebt und hasst und ihr erzählt, welche Gummibärchen sie sich nach dem Essen nehmen darf. Es gibt Regeln hier, ein Leben, das sie beide führen, Emma und Milla, jeden Tag und jede Nacht. Und endlich versteht Kristina, wie sehr sie dabei fehlt.

Sie sprechen darüber, später, als Emma im Bett liegt, neben ihnen. Es dauert länger heute, sie sitzen zu zweit an der Kante und Emma will nicht aufhören. Sie fragt immer weiter, bis Milla schließlich sagt: Jetzt erst mal schlafen, Emmi. Morgen geht es weiter.

Die Mama ist auch müde. Und Kristina steht auf, geht und lässt sie, die Mutter, die es besser kann, mit ihrem Kind. Als Milla aus dem Zimmer kommt, steht da Kristina vor der Tür und schaut auf ihre Füße.

Ich ..., fängt sie an. Ich.

Dann schaut sie hoch, und Milla sagt: Schon gut.

Kristina nimmt sie in den Arm, so fest, wie sie gerade kann.

Als Milla sich umdreht und das Licht ausmacht, kommt noch einmal Emmas Stimme aus der Ecke. Sie ist dünner, zarter, zweifelnd.

Milla, fragt sie. Bleibt sie jetzt da?

Das hoffe ich.

Ich auch.

08.06.13

Die Bucht ist lang genug, um sie entlangzurennen. Der Sand ist fein und weiß. Dort, wo das Wasser sich zurückgezogen hat, bleiben ein paar Algen und Muscheln, die in der Sonne trocknen. Die Touristen liegen im Sommer nebenan an den großen, frisch gesäuberten Stränden, an denen jeden Morgen die Sandraupen entlangfahren. Hier, ein paar Kilometer weiter, fernab der Küstenstädtchen und der Strandhotels, gehen nur ein paar Dorfbewohner mit ihren Hunden spazieren. Die Dünen sind flacher. Im Morgengrauen sieht man den Fischer, der auf dem Wasser wartet und später den Fang in Plastikeimern zum Hafen trägt.

Jetzt. Kristina und Jan rennen ins Meer. Sein Herz schlägt schnell, heiß gegen das kalte Wasser, in dem Moment, als er sich fallen lässt. Er weiß nicht, wie. Er rudert mit den Armen, Wasser spritzt, er ist wie eine Krake, die in die Tiefe sinkt. Wir halten dich, Jan. Wir halten dich, sagen sie. Jedes Mal, wenn er das Wasser sieht, denkt er daran, wie sein Vater ihn loslässt. Das weiß Milla.

Du bist ein Vogel, Jan, denk dran. Er lacht, wie bescheuert ist das, ein Vogel.

Sie rufen: Flieg! Flieg, Jan! Flieg!, und er schreit, ein paar kleine Wellen schäumen auf seiner Brust.

Später, als es besser geht, schwimmen sie zusammen, Milla, Kristina und Jan. Er hält sich an Millas Hüfte fest, fühlt ihre harten Knochen durch die Haut. Du kannst noch stehen. Er vergisst das manchmal, bis sein Fuß auf Sand trifft. Er wird panisch, verschluckt sich, bekommt einen Krampf und zuckt mit den Beinen. Ich hab dich, sagt Kristina. Er ist so erschöpft. Er will zurück und watet durch das Wasser an den Strand, zum ersten Mal, seit Milla ihn kennt.

Am Strand geht ein Mann mit seinem Dackel spazieren, er schaut und hebt die Hand gegen die Sonne, der Dackel schnuppert in die Luft. Salz. Der Wind trägt das Salz vom Meer direkt auf die Zunge, schon bevor man es sieht. Ein Weg aus Sand führt an den Feldern vorbei durch ein kleines Waldstück zur Bucht. Rechts und links grün, Unkraut, die Wildblumen, das Gebüsch reibt an den Beinen, wenn man den schmalen Pfad am Meer entlanggeht. Die Wellen haben tiefe Furchen in den Sand gegraben. Ein paar Bäume wachsen hier, zwischen Sand und Gras. Ihre Wurzeln liegen frei. Die Erde schiebt sich selbst wie eine Welle darüber. Ein Baum neigt sich zum Wasser, alt und knorrig, unter ihm weiches, langes Gras. Hier liegen sie oft als Kinder, Jan zeichnet und Milla liest.

Kristina taucht unter, Milla sieht ihren schlanken Körper durch die Wellen. Sie taucht auf, das Wasser zieht an ihrem Bikinioberteil. Sie sieht Jan, weiß und zart am Strand, mit einem Buch, seiner Sonnenbrille, einem sich andeutenden Sonnenbrand auf der krausen Trichterbrust. Kristina schwimmt zu ihm, ihre Bewegungen sind schnell.

Milla treibt nah am Strand im Wasser und beobachtet, wie Kristina sich entfernt, Zug um Zug. Als sie aus dem Wasser steigt, fließen ihre langen Haare zwischen ihre Schulterblätter. Nass sind sie ganz glatt, als hätte jemand Teer über ihren Kopf geschüttet. Sie hat braune Haare, so wie Milla, die schwarz werden im Wasser. An Milla ist alles heller, die Adern scheinen durch die Haut, und in der Sonne wird sie rot, nicht braun. Da, wo Milla blaue Adern hat, hat Kristina braune Haut, da, wo Milla einen Mund hat, hat sie Lippen. Sie vergleicht. Kristina ist kleiner und runder, kompakt, aus vielen Muskeln und aus Fett, das nicht so aussieht. Sie zeichnet mit den Augen die Linie ihrer Hüfte nach. Kristina hat ein paar Dellen, da, wo der Oberschenkel in den Hintern übergeht, aber sie zieht trotzdem Shorts an, anders als Milla, einen Sommer lang, nachdem sie sich in der Umkleide zum ersten Mal im Bikini von hinten sieht. Kristina trägt ein Bikiniunterteil, das man an der Hüfte bindet und ihr zwischen die Pobacken rutscht beim Laufen. Links hat sie zwei dunkle Leberflecke, die auf ihr kleben wie Sesamkörner. Und vorn: eine blasse Narbe auf dem Bauch, kurz über dem Nabel. Milla vermerkt alles im Kopf, trägt ihre Beobachtungen in ein imaginäres Notizbuch ein. Als könne sie ein paar Begriffe einkreisen und dann stünde unten eine Lösung: Deshalb ist sie hier, mit Jan. Wegen der Sesamkörner in Quadratur, der schönen Beine und der Art, wie sie lacht. Das Lachen muss es sein. Wenn ihr Lachen jemanden trifft, strahlt es. Wie ein Brennpunkt, das Licht gebündelt und stark. So stark, dass Milla den Blick senkt, wenn es sie trifft.

Milla schwimmt bis weit nach draußen, dreht sich auf den Rücken und lässt sich fallen. Sie treibt auf dem Wasser und sieht für einen Moment nur Himmel. Wolken. Wolken, Wolken. Wolken und dazwischen Blau. Nicht Kristina, nicht Jan. Niemanden, der auf sie wartet. Sie atmet ein und aus, allein.

Zurück am Strand, breitet sie ihr großes Handtuch aus, neben Jan. Kristina liegt auf der anderen Seite auf einem kleinen und lächelt, dann schließt sie ihre Augen. Milla ist noch außer Atem und wartet, bis ihr Puls sich beruhigt. Sie tropft. Jan schläft. Wasserperlen auf seiner Schulter, er ist immer noch so weiß, seine Brust fast schmächtig, jungenhaft und trotzdem wachsen darauf Männerhaare. Er liegt auf seinem alten Power-Rangers-Handtuch. Als habe er Angst, es wegzuschmeißen, das Stück Vergangenheit, die Zeit mit seiner Mutter, als er ein Kind ist und selbst noch Urlaub mit seinen Eltern macht. Milla lernt Jans Mutter nie kennen, er kommt erst an ihre Schule, als sie schon tot ist. Es dauert lange, bis er spricht. Sie sitzen nebeneinander, vom ersten Tag an. Irgendwann fragt Milla: Und deine Mutter? Tot, sagt er. Jan hat einen bunten Gipsarm damals, und ein fahles Gesicht. Die Kinder aus der anderen Schule haben Bilder auf die Bandage gemalt, eine Sonne, eine Wiese, einen Roboter. Daneben stehen schiefe Namen, Olaf, Lena, Henry. Alle wünschen Jan, dass er gesund wird.

An der Stelle, an der sein Arm gebrochen war, ist heute nichts, keine Spur mehr davon. Er ist groß geworden und seine Knochen stark. Milla sitzt neben Jan und schaut zu, wie seine Brust sich senkt und hebt. Sie stellt sich vor, wie er aussieht, wenn er älter wird. Irgendwann erlebt er etwas, und dann noch was, das sich abzeichnet in seinem Gesicht. Und irgendwann sind seine Augen vielleicht grau und stumm und er hat ihren Namen vergessen. Ich bin's, Milla. Er kann ihr Gesicht nicht erkennen und schaut aus der Brille ins Nichts.

Sie sitzt neben ihm und trocknet sich, bis es aufhört zu scheuern. Nur ein paar Sandkörner noch, die das Licht auf ihr fangen wie kleine Spiegel. Ihre Haut spannt. Sie riecht nach Sonnencreme und Algen.

Kristina richtet sich auf und bindet ihre Haare zu einem Knoten. Dann zieht sie ihr Bikinioberteil aus und legt sich aufs Handtuch, einfach so. Milla liest, Kristina schließt wieder die Augen. Zwischen ihnen senkt sich Jans Brust. So liegen sie eine Weile, Milla blättert die Seiten um, beißt auf Sand.

Dann sagt Kristina: Gehen wir spazieren?

Jans Brust hebt sich. Er schläft immer noch.

Komm, sagt Kristina da, da hinten ist es schön. Es ist eine Einladung, das weiß Milla, nur noch nicht, für was. Milla steht auf und streift sich ihr Strandkleid über. Kristina läuft voraus. Sand fällt rechts und links zu ihren Füßen.

Der Strand ist hier so weit, fast unendliche Kurven aus Sand und Meer, ein paar Gräser, die Möwen, draußen gibt es ein paar Felsen, die aus dem Wasser ragen, die Steine warten scharf unter weißem Schaum. Nonna hat gesagt, das Meer hier ist wütend. Es wird wütend und tobt, es reißt und zerrt an deinen Beinen wie ein Hund an einem Stück Fleisch. Dann, an anderen Tagen schmiegt es sich an dich wie eine Katze und streicht über den Sand.

Fast keine Wolken am Himmel. Milla muss ein bisschen rennen, ihre Schritte schwer im Sand, Kristinas sind schnell. Kristina. Milla weiß nicht viel über sie. Wie oft sie bei ihm schläft oder wie sie mit ganzem Namen heißt. Sie weiß nur, dass Jan sie vor ein paar Wochen auf einer Party küsst und dass sie ihn seitdem gern am Nacken berührt. Da, wo die Haare ganz fein sind und weich und wo er nach frischer Seife riecht. Milla kennt die Stelle, sie ist dort oft, manchmal weint sie da und dann rinnt ein salziger Tropfen die Seifenhaut runter bis unter seinen Kragen.

Sie laufen. Die Wolken sammeln sich am Horizont.

Warum hat er Angst vorm Meer?, fragt Kristina.

Es muss sie etwas kosten, das zu fragen. Sie sagt damit auch: Ich kenne ihn nicht. Milla wartet kurz, denn es ist ein Geheimnis zwischen Freunden. Sie, Kristina und Milla, sind keine Freundinnen.

Jan ist mal fast ertrunken, als er klein war.

Mehr erzählt sie nicht. Nichts von den Tränen und dem ersten Sommer ohne seine Mutter und auch nicht vom zweiten. Wie er auf den Dachboden klettert und nicht mehr runterkommt, bis es dunkel ist. Wie der Vater laut schreit und Jan Wasser atmet. Es ist das einzige Mal, dass sein Vater mit im Haus ist. Sie gehen zum Meer. Der Vater bringt ihm Schwimmen bei. Jan strampelt, hilflos, der Vater schreit laut, er schreit, lass das Gepaddel. Du bist doch kein Hund. Schwimm, Jan, schwimm! Milla hört seine Rufe vom Strand. Dann nimmt der Vater die Hand weg, Jan wird schwer, überall Wasser, alles klingt dumpf, die Stimme verschwindet. Jan will atmen, viel zu schnell, das Wasser ist trüb und brennt in den Augen. Ein Druck von der Seite, etwas reißt ihn. Die Wellen nehmen ihn mit, er schlägt mit der Nase auf den Grund. Er ist allein, unten oder oben, dazwischen, alles ist gleich, dann wird es ruhig. Etwas berührt ihn, zieht ihn fest nach oben, eine Hand. Luft. Er hustet, der Vater klopft ihm auf den Rücken. Sein Sohn soll lernen zu überleben. Nicht sterben, wie die Mutter.

Jan erzählt Milla manchmal von ihr. Er erinnert sich an ihr Gesicht, an lange rote Haare und wie sie vorliest, den Mond und die Sterne auf die Zimmerdecke klebt. Es gibt keine Monster hier, der Mond passt auf dich auf. Sie knipst das Licht aus, und an der Decke leuchten ein paar Sterne um den Mond. Der Mond fällt irgendwann vom Himmel, aber die Sterne bleiben da. Später, viel später kommt Jan nach dem ersten Vollrausch nach Hause, er sieht die Sterne leuchten, als sich alles um ihn dreht. Er schläft mit einem Mädchen, zum ersten Mal, die Sterne leuchten über ihnen. Als er später auszieht, lässt er die Sterne da. Es beruhigt ihn zu wissen, dass sie immer noch an der Decke kleben, egal, wo er ist.

Vieles, an das er sich erinnern sollte, erinnert er nicht. Aber er erinnert sich daran, wie ihn seine Mutter trägt. Dann sind sie im Einklang. Er ist auf ihrem Arm und riecht ihr Parfüm im Pelz, ihre Schritte klackern auf dem Boden und er spürt, wie sie atmet, wie sich ihre Beine bewegen, während seine an der Seite baumeln. So schläft er oft. Er glaubt, dass sie ihn überall hintragen könnte und er so ewig sicher wäre. Er nie wieder Angst hätte, wenn sie ihn so durchs Leben tragen würde. Das ist vielleicht meine liebste Erinnerung, sagt Jan zu Milla: meine Mutter, wie sie mich trägt.

Nichts davon erzählt Milla Kristina. Es bleibt bei ihr, zwischen ihr und Jan. Sie setzen sich in eine Düne. Kristina lässt heißen Sand durch ihre Finger rieseln.

Du magst mich nicht.

Milla schaut nach vorn, auf die Wellen. Sie lacht. Es ist keine Frage.

Das ist okay.

Kristina redet weiter, einfach so. Ich hab' eigentlich nur männliche Freunde, weißt du.

Milla weiß es nicht und will es auch nicht wissen.

Kristina redet weiter. Frauen mögen mich oft nicht. Frag mal meine Schwester. Sie lächelt immer noch und greift wieder in den Sand.

Die ist Malerin, so richtig. Sie hat einen Vertrag und eine Galerie. In New York. Das passiert nur einmal im Leben, hat mein Vater gesagt. Und dann hat er eine sehr teure Flasche aus dem Keller geholt, aus ihrem Geburtsjahr. So eine hat er für jedes von uns Kindern. Er hat sich vorgenommen, sie zu einem Lebensereignis zu trinken: zur Hochzeit, zur Geburt des ersten Enkels und so weiter. Nur mit New York hat er nicht gerechnet.

Milla denkt an Kristinas Vater, einen kleinen Mann, so stellt sie ihn sich vor, der in einem großen Haus in Buenos Aires an Tontöpfen und Skulpturen vorbei in den Keller geht und im Halbdunkeln eine staubige Flasche aus dem Regal herauszieht.

Und warum mag dich deine Schwester nicht?

Kristina zuckt mit den Schultern. Wir malen beide, seit wir klein sind. Ich glaube, das stört sie. Aber meine Flasche ist noch da.

Milla stellt sich vor, wie zwei lockige Kinder in Nachthemden an der Staffelei stehen und sich mit Farbe bespritzen. Was sie nicht weiß: wie Sofia schreit und mit der Faust durch ihre Leinwand schlägt, wie sie kämpft dafür, dass der Vater ihre Flasche endlich aus dem Keller holt. Wie sie sich die Lippen rot malt, den Galeristen zulächelt und sich ein Tuch ins Haar bindet. Wie Kristina heute im Atelier steht, all die Bilder um sich sieht und am liebsten die Tür zumachen will und gehen. Nie wieder einen Pinsel auswaschen, der davon erzählt, dass sie die falschen Farben nimmt und damit die falschen Striche macht.

Der Mann mit dem Dackel taucht auf der Düne auf. Er wirft einen kleinen Stock, der wie ein Propeller schwirrt. Der Dackel hüpft auf kurzen Beinen durch den Sand, rast den Hügel nach unten. Manchmal tauchen seine Ohren zwischen den Gräsern auf. Dann verschwinden sie. Die Frauen graben die Zehen in den Sand, oben ist er heiß und unten kühl.

Kristina erzählt von einem Mann, der nicht Jan heißt. Er heißt Martin und er wohnt bei ihr manchmal. Sie sehen sich, küssen sich, verstecken sich unter der Decke oder spazieren durch die Sonne und vergessen, welche Leben sie sonst führen. Sie reden über Kunst und Politik, er kennt viele Philosophen, die er zitiert, während sie im Bett liegen, er liest ihr vor, ein dickes Buch auf nackter Haut. Er hat einen Bart, sie schaut ihn von der Seite an und tut so, als sei er Leo Trotzki und sie Frida Kahlo. Dann fährt er wieder nach Hause, zu seiner Frau, und der Abwasch steht da. Kristina fährt ins Atelier, mischt Farben und denkt daran, wie sein Bart kitzelt auf ihrem Bauch. Dann schreibt sie Jan. Sie liebt sich nicht fest, denkt Milla, anders als ich.

Kristinas Mutter kommt aus Deutschland und verliebt sich schnell, besonders im Ausland. Er ist kleiner als sie, mit breiten Schultern, und hat schon graue Haare. Sie ist dreiundzwanzig und er sagt, sie soll einfach dableiben. In seinem Haus und mit interessanten Menschen an einem Tisch sitzen, bis der Himmel wieder hell wird. Kristinas Mutter findet das gut, es passt ihr besser, als in einer deutschen Kleinstadt irgendwas zu studieren. Also bleibt sie. Kristinas Eltern leben immer noch zusammen, irgendwie, doch ihre Mutter ist oft weg. Sie hat einen Freund, einen Restaurateur aus der Stadt, den sie mitbringt und der Kristina hinterherschaut, wenn sie aus der Dusche kommt.

Seitdem will Kristina auch weg sein. Immer nur weg sein. Sie sammelt Namen von Städten wie Aufkleber auf ihrem Koffer. Amsterdam, Berlin, London. Es ist ihr wichtig, wie die Namen klingen in anderen Ohren. Dann kommt sie zurück, mit einer neuen Hose oder ein bisschen längeren Haaren, schaut sich um und sagt: Immer noch das Gleiche hier? Milla sieht das an ihr, das Unstete, Unruhige.

Hast du Geschwister?, fragt Kristina.

Nein. Keine Schwester und kein Bruder, keine Flaschen im Keller, wie ist das, einsam? Das fragen mich alle. Oh, ein Einzelkind, und wer spielt dann mit dir? Keiner, ich selbst, oder Jan.

Einzelkind sagt sie. Das heißt, dass sie die Einzige

war, schon immer. Dass sie nicht teilen kann, nicht ihr Kuscheltier, ihr großes Handtuch oder Jan.

Aber, sagt Milla, meine Freunde sind wie Geschwister. Wir hatten keine Flaschen im Keller, nur zwei Augenpaare, auf mich gerichtet, immerzu. Früher schreibt mein Vater an alle: Milla hat zum ersten Mal gelächelt. Heute schreibt er ihnen: Sie macht den Abschluss, Bestnote. Und ich kann nicht aufhören, Dinge zu tun, für die man gratulieren muss.

Kristina lacht. Sie sagt nur: Ja. Als ob sie sich darin erkennt.

Jan mag dich, weißt du?, sagt sie.

Sie schauen sich an.

Ich wusste nicht, ob ich kommen soll. Er redet viel von dir.

Wir sind zusammen aufgewachsen.

Ist das alles?

Milla nimmt ein bisschen Sand in die Hand, und so sitzen sie da, schauen auf die Wellen, während oben ein paar Möwen fliegen.

Ich habe auch einen Martin, weißt du?, sagt Milla. Kristina nickt, lacht.

Sie macht ihre Haare auf, schüttelt sie und dreht sie wieder in den Dutt. So eine Frau ist das: die ihre Haare aufmacht und schüttelt und dabei Menschen zum Schweigen bringt. Die Luft ist dick, auf einmal. Es ist fast unerträglich, unerträglich heiß. Dann kommt der Wind.

*

Sie müssen schnell sein. Milla weiß, was der Wind bedeutet.

Komm, sagt Kristina und zieht an Millas Hand, dann lässt sie los.

Komm, ruft Kristina und rennt zum Wasser. Sie will schwimmen, jetzt. Sie rennt, den Strand entlang, zu Jan. Die ersten Tropfen fallen.

Du bist verrückt, schreit Jan. Der Regen hat ihn geweckt. Er faltet schnell sein Handtuch zusammen und zieht sich ein T-Shirt über den Kopf. Darauf fallen kalte, dunkle Tropfen.

Langweiler, ruft Kristina vom Wasser, und das Wort gräbt sich in Millas Bauch. Milla sieht ihre Zähne vom Ufer, das breite Lachen in ihrem Gesicht. Während Milla und Jan am Ufer stehen, will Kristina im Regen schwimmen.

Lass sie einfach, sagt Milla.

Sie nehmen gerade die Räder vom Mast, als Kristina die Düne heraufkommt. Bevor sie ihr Rad nimmt, zieht sie sich Shorts und Top über. Na dann, sagt Jan. Er steigt auf und sie fahren, weil es sonst nichts zu sagen gibt. Ein paar hundert Meter weiter steht ein kleines Haus am Pier. Es ist ein niedriges Haus mit einer roten Eisentür, einer kleinen Küche und einem Wintergarten, der aussieht wie ein Frachtcontainer mit Fenstern. Früher sind sie oft hier, mit Nonna.

Milla hält an, Jan und Kristina bremsen hinter ihr.

Durch die Fenster können sie ein paar Gesichter erkennen, Umrisse von Menschen, die sitzen, vor ihnen gefüllte Tische, Flaschen darauf und Gabeln, die sie schnell zum Mund führen. Die Fenster sind beschlagen, vom Regen draußen und der Wärme drinnen. An der Seite des Hauses parken ein paar Autos. Milla und Jan lehnen die Räder an die Hauswand, Kristina stellt ihres dazu. Sie öffnen die Tür und hören Stimmen, Gläserklirren. Der Geruch von Kräutern und Knoblauch empfängt sie. Das Restaurant ist voll.

Hier geht es weiter. Der Wind zieht an den Fahnen am Strand, und man serviert Suppe, es schüttet draußen und man tupft sich den Mund. Schlechtes Wetter ist kein Grund, keinen Hummer zu essen. An der Garderobe hängen lange Wachsjacken und dicke Regenschirme mit Griffen aus Holz. Sie, die Touristen, tragen dünnen Stoff vom Strand. Kristina in ihren Shorts und dem lockeren Top, Milla im Strandkleid, Jan im T-Shirt und Badehose. Aber hier ist man gewohnt, sie zu ignorieren, die Touristen, die sich mit aufblasbaren Tieren und Strandtaschen an den Gästen vorbeischieben und fragen, ob es das Menü auch auf Englisch gibt.

Sie setzen sich an einen Platz in der Ecke, ans Fenster. An den anderen Tischen sitzen Familien, Menschen um die sechzig, es gibt Wein und Wasser, nur in Flaschen, Gläser dazu. Kristina schüttelt sich und zieht ihr Handtuch um die Schultern. Jemand Schlankes legt ihnen mit schnellen Händen die Karten hin, dann ist er weg, berührt auf dem Weg durch die Reihen die Tischdecken mit einem Bein, glatte Baumwolle auf Baumwolle. Milla fährt mit der Hand über das laminierte Plastik der Menükarte, anders als das alte Papier früher, all die Flecken darauf, die Milla liebt und aufzählt: Rotwein, Senf und dunkle Schokolade. Jeden Tag gibt es eine neue Tageskarte, manchmal ist sie länger, manchmal kürzer. Was das Meer eben so bringt, sagt Nonna immer.

Milla beobachtet ein altes Paar, das wortlos aus einem großen Topf Muscheln isst. Sie sehen aus wie eins. Weißes Haar und gleichmäßige Gesten. Sie tragen Blau und Gold, sein Sakko, ihre Hose, seine Manschetten, ihre Knöpfe. Generationen, die hier leben, mit dem Meer und seinen Launen. Sie sind knorrig, wie ein alter Wald, tief verwurzelt. Als seien sie selbst draußen gewachsen, im Regen und im Wind, wie die Bäume am Strand.

Milla wartet auf ein Gesicht, die Haut dick wie ein gutes Stück Speck, eine große Hand auf Jans Schulter. Der alte Besitzer. Stattdessen sieht sie eine Frau, Mitte dreißig, die zu blonde Haare hat und an der Bar ein paar Bier zapft. Die neue Pächterin, vielleicht.

Kristina schaut auf die Karte.

Wow, ganz schön teuer, sagt sie. Sie rechnet noch in Einheiten: Sechzehn Euro, ein Hauptgang hier kostet sie zwei Stunden Kellnern im Café. Jan könnte heute auf die Karte zeigen, ohne nach rechts zu schauen.

Er bestellt eine Flasche im Kübel. Ist er deswegen erwachsen geworden?

Milla schaut ihn an. Jan ist so wie alle. Er hat: eine Nase und zwei Augen. Nur zart ist das bei ihm. Und geschwungen: der Mund, die Nasenflügel, die Augenlider. Ein kleines Kinn mit Stoppeln und darüber volle Lippen. Wenn er lächelt, hat er links ein Grübchen. Wenn er sich Sorgen macht, reibt er sich mit der Hand die Augenbraue. Er ist schlecht im Tellerbalancieren, aber gut darin, sie nicht kaputtzumachen. Er sieht gut aus, wenn er braun ist und wenn er T-Shirts trägt. Er sieht mehr nach Leben aus, weniger nach Bildschirm und Zahlen. Jan kämmt aber die Haare glatt und rasiert sein Kinn seit eben, verdeckt den Leberfleck am Hals mit einem weißen Kragen. Montag bis Freitag. Manchmal Samstag oder Sonntag, wenn das Handy mit den vielen Tasten vibriert. Sie kennt ihn in alten T-Shirts und mit unterschiedlichen Socken an den Füßen. Den Anzug, den er bei der Arbeit trägt, hasst Milla an ihm. Er versteckt die Dinge, die sie liebt. Liebt. Es gibt kein anderes Wort dafür. Sie erschrickt, sie sagt es schon, wenn auch nur zu sich.

Jan schüttelt die Serviette aus und legt sie mit Bedacht auf seinen Schoß. Er ist vorsichtig, bei jeder Bewegung. Wenn er einen Schnupfen hat, googelt er Symptome und erzählt ihr, was er auf Lateinisch hat. Rast sein Herz, denkt er an Thrombose. Als Jan klein ist, rechnet er zu jedem Geburtstag. Acht Jahre. Er kann noch mal so lang leben, dann ist er sechzehn, sein ganzes Leben noch mal. Er verdoppelt noch mal, zweiunddreißig. Er zieht fünf Jahre ab, an die er sich nicht erinnert, wo er gerade mal laufen lernte oder sprechen und noch nicht erwachsen war. Es bleibt noch so viel. Ein Mädchen küssen und im Auto vorne sitzen, rauchen und größer als die Lehrer werden. Noch heute zählt er. Zweiundfünfzig, er mit grauem Bart in einem Haus am Schreibtisch unterm Dach, Licht, ein Blick auf den Wald, eine Frau mit Kind, vielleicht, sie ist schön, das weiß er, aber vielleicht sehnt sie sich weg, oder er, und das Haus ist wieder leer. Hundertvier, er, Skelett mit Haut, vielleicht lebt er, vielleicht nicht. Ein alter Mann mit dunklen Flecken auf der Haut, der Unterhemden trägt und mit Lupe Dostojewski liest. Zweihundertacht, nur noch ein paar Partikel von ihm gemischt mit Erde und vielleicht, irgendwo, ein Ururenkel mit seinem Kinn.

Der Kellner kommt zurück und schreibt mit schnellen Strichen auf, was sie bestellen.

Monsieur? Er hebt kaum den Blick dabei. Milla schaut Jan an, lächelt, sie weiß, was er nimmt, er lächelt zurück. Die Muscheln mit Weißwein.

Jan gießt Wein in ihre Gläser, seine Hand zittert dabei. Ein paar Tropfen landen auf der Tischdecke. Milla sieht, wie sich der weiße Stoff an ein paar Stellen grau färbt, wie eben der Regen auf ihnen. Mittlerweile fällt der Regen draußen sanft, gleichmäßig.

Noch im Training, Herr Schäfer?, fragt Kristina.

Ja, der Herr Trainee, sagt Jan und lacht. Und Milla stockt. Trainee?

In der Firma?, fragt sie, und die Frage heißt, dass sie es nicht glauben kann.

Ja, in der Firma, wo sonst.

Du bist jetzt Trainee, wiederholt sie noch mal, weil sie wartet, dass er widerspricht. Er tut es nicht. Auch nicht dem großen Vater, an dem all ihre Pläne zerspringen, wie an schwarzem Granit.

Der Vater spielt ihn aus. Sagt, der Sohn des Unternehmens soll für ein paar Monate die Assistenz übernehmen. Bedenkzeit, ob die Zeichnerei auch wirklich was für ihn ist. Die Zeichnerei nennt es der Vater. Jan schlägt nicht aus, der Vater zieht die perfekte Schlinge, Milla schaut zu. Der Vater hat das Geld. Aber er hat noch etwas. Macht über Jan. Nur weiß Milla nicht, warum.

Bist du sauer?, fragt Jan. Er versucht, noch zu lächeln dabei, nur dass seine Stimme fast bricht.

Ja, nee, überrascht, sagt Milla.

Ja, sagt er flach. Er hat halt gesagt, ein paar Jahre Betrieb erst mal, das schadet nicht. Und dann kann ich mich immer noch entscheiden. Und für die Akademie sparen.

Sie zögert.

Und was ist mit der Halbwaisenrente?

Als sie das Wort sagt, tritt ein Ausdruck in sein Gesicht, der sie an früher erinnert, als er jeden Morgen bleich und mit Gipsarm neben ihr saß.

Will ich nicht. Ich weiß noch nicht mal, ob's das

wert ist, Milla. Ich mein' dann studier' ich ein paar Jahre, dann bin ich fertig, und dann? Ich weiß noch nicht mal, ob ich gut genug bin.

Sie schaut ihn an, Wut und Schock in ihrem Blick.

Komm, sagt sie, auch wenn sie nicht weiß, wohin.

Frag mal Kristina, sagt er.

Die schaut in ihre Karte. Milla und Jan schlagen mit Worten aufeinander und erwischen andere dabei. Kristina atmet laut ein, doch sie lässt es zu.

Milla versucht es immer noch.

Jan. Du kannst machen, was du willst. Du kannst aufwachen und eben nicht zur Arbeit gehen, du kannst zeichnen oder Zeitungen austragen oder in einem Café arbeiten. Es muss nicht so sein.

Als er nichts sagt, sagt sie: Am Ende bleibst du da.

Das passiert nicht einfach so, Mi. Ich glaub', das merk' ich schon.

Glaubst du? Und glaubst du, du gehst in fünf Jahren wieder, oder wann?

Weiß ich nicht, sagt er, und zieht einen Finger über die Tischkante.

Warum nicht, sagt Kristina, ausgerechnet sie, und fährt ihm von der Seite durch die Haare.

Jan schaut Milla an. Sie denkt, Enttäuschung ist ein Fleck auf der Bluse, ein verbrannter Toast oder ein Kuss mit zu viel Zunge. Sie weiß nicht, wie das ist, wie die Augen des Vaters ihn bei jedem Schritt verfolgen.

Sie sagt nur: Du hast mir was versprochen, weißt du noch? Jan?

Sie sagt seinen Namen, damit er reagiert. Jan. So wird er genannt. Sein Vater hätte ihn auch Fritz nennen können, oder Adrian. Adi, das kann man gut rufen. Aber er nennt ihn Jan. Jan Schäfer. Vom Kindergarten bis zur siebten Klasse rufen die Kinder: Jan Schäfer, Langschläfer. Seine Mutter schreibt irgendwann die Namen auf einen Zettel, als sie schwanger ist. Er hebt den Zettel auf, der Vater. Er gibt ihn Jan, als er vierzehn ist, in einem Anflug von Liebe oder Sentimentalem vielleicht, was Milla wundert, denn der Vater ist nicht sentimental. Sie schauen sich den Zettel an, später, Milla und Jan, als sie bei ihr auf dem Bett sitzen, in der Wohnung ihrer Eltern, die so viel kleiner ist als jedes Stockwerk von Jans Haus. Er wohnt in einer weißen Villa und sie in einer Dreizimmerwohnung ohne Badewanne, in der die Dielen stumpf sind und voller Kratzer. Jan sagt nichts, streckt nur die Hand aus. Milla hält das Stück Papier mit einer Reihe Namen in der Hand. Sie kennt ein paar. Menschen, die so heißen, jetzt, seitdem sie auf der Welt sind, und sie zählen auf: der doofe Alexander, Justus mit den Glubschaugen, und kichern. Ein Name ist eingekreist vom Vater, das ist Jan. Alle anderen sind durchgestrichen, die ganze Reihe lang. Zweiunddreißig, zählen sie. Das, was der Vater sagt, das wird gemacht. Die Regel gilt bis heute. Milla hat es satt.

Sie schiebt den Stuhl vom Tisch zurück, es knarrt, laut, so dass ein paar Augen sich von den Tellern heben. Sie steht einfach auf und sagt: Ich muss mal kurz raus. Jan schaut auf die trübe Suppe draußen, Regen, der nicht viel Platz lässt zum Atmen. Milla verschwindet, und Jan macht es wie immer. Er geht ihr hinterher.

Er holt sie vor der Garderobe ein. Milla, sagt er. Der Regen prallt jetzt gegen die Scheibe, auf der sich goldene Buchstaben in die falsche Richtung winden. Sie steht da, vor den Jacken und Regenschirmen, unschlüssig, gefangen, drinnen. Keine Wiese, auf die sie rennen kann, kein Dachboden mit Zelt.

Tut mir leid. Tut mir leid, sagt er, weil so alle Unterhaltungen anfangen müssen, wenn Milla sauer ist.

Was genau tut dir denn leid?

Jan erkennt ihren Ton. Er legt den Arm um sie, als ob er sie schützen will. Sie stößt ihn weg.

Milla, sagt er, ein bisschen tiefer als sonst.

Was? Was, Jan? Darf ich das nicht ein bisschen seltsam finden? Du verschwindest einfach in deinen Turm, und ich erfahr' das alles von einer Frau, die du mal eben von der Tanzfläche weggeholt hast, damit sie dir hier durch die Haare fahren kann?

Sie schiebt Kristina vor wie ein Schutzschild. Damit sie die Sätze nicht sagen muss, die sie sich nicht traut, laut auszusprechen, manche noch nicht mal leise zu sich selbst.

Sie haben beide Angst. Sie wollen den Dingen keinen Namen geben. Sie sind Freunde, die sich lieben. Er ist jemand, der zeichnet, und Milla ist jemand, die schreibt. Alles andere macht ihnen Angst, weil sie es dann wirklich wären: Künstler, Schriftstellerin, ein Paar. Es klingt ihnen zu groß. Also sagen sie es nicht.

Hä, Milla? Kein Verständnis mehr in Jans Gesicht. Du weißt genau, warum ich gegangen bin! Was glaubst du, wie viel lieber ich dageblieben wäre. Und Kristina ... Ich kapier's nicht. Wie oft saßt du mit Martin und Elias und keine Ahnung wem in unserer Küche und irgend so ein Typ hatte seine Hand in deinen Haaren oder unter deinem Hemd und ich hab' euch Kaffee eingegossen? Was ist dein Problem?

Er hat recht, aber sie will es nicht hören.

Hat sich das auch so angefühlt?, fragt sie.

Wie?

So falsch.

Er sagt nichts.

Jan verlagert sein Gewicht von einem Bein aufs andere, die Arme verschränkt. Zwei Gäste verlassen das Restaurant, nehmen ihre Jacken vom Haken und den Schirm aus dem Ständer, während Milla und Jan danebenstehen.

Au revoir, sagen sie zum Abschied.

Milla tritt einen Schritt zur Seite und murmelt: *Au revoir.*

Jan rührt sich nicht. Er schaut sie einfach nur an.

Als die Eingangstür zufällt und das Paar in den Regen verschwindet, sagt Milla: Das war mal unser Ort.

War, sagt er, und es tut weh.

Hey, sagt Kristina und tritt in den Vorraum. Das Essen ist da.

Wir kommen gleich, sagt Milla.

Milla schaut Kristina an, ohne ihren Augen auszuweichen, und sieht, dass sie versteht. Kristina nickt kurz und geht zurück ins Restaurant.

Jan, sagt Milla einfach. Jan. In ihrem Bauch mischt sich vieles wie Gift, und ihr Herz schlägt schnell, als sie wieder auf ihn zugeht. Sie sagt nichts mehr und sie hofft, dass er weiß, was das heißt. Und Jan nimmt sie in den Arm, fest, drückt sie an sich, sie auf den Zehenspitzen und den Kopf an seinem Hals. Du fehlst mir einfach, sagt sie. Einen Moment lang hält er sie fest. Und es strömt aus ihr, alles, was sie sonst zurückhält und was sie nicht verstanden hat. Sie hat Jan in eine Ecke gedrängt, damit sie zusammen Kinder bleiben. Hat versucht, mit den anderen erwachsen zu werden. Bis sie den Blick sehen kann, sehen kann, dass jemand das will mit ihr: leben. Genau so lange bleibt sie bei den anderen Männern, und dann geht sie. Sie hält sich frei, für ihn.

Jan, denkt sie. Jan. Sie schaut ihn an. Ein Gefühl darin: Liebe. Sie neigt ihren Kopf zu ihm. Er zuckt zurück, sofort, ihre Lippen nur ein Hauch auf seiner Haut. Sie bleiben so, für einen Herzschlag lang, ihre Nasen nur ein paar Zentimeter entfernt.

Tut mir leid, sagt sie sofort.

Milla erstarrt, ihre Worte hängen noch vor ihrem Mund und können nicht zurück. Schon lässt er los, schon ist er weg. Jan geht an ihr vorbei, so schnell, dass sie die Luft fühlt, die er mit sich nimmt, nach drinnen. Sie steht da, allein, einen Moment lang und hält die Finger an ihren Mund. Sie wartet, bis ihr das Blut langsam wieder aus den Wangen weicht. Dann folgt sie ihm.

Im Restaurant wartet Kristina. Sie hat Jan vorbeigelassen.

Milla, sagt Kristina, als sie sie abfängt. Es ist okay. Ich bin nicht da, um ihn dir wegzunehmen.

Das ist alles so verkorkst, sagt Milla und fährt mit der Hand über ihre Stirn.

Kristina lacht. Ja, und?

Das ist das Schöne an Kristina, sie hat keine Angst vor Chaos. Es ist fast, als sei es ihr lieber so.

Und dann sagt sie: Komm. Die Muscheln riechen bis hier, und ich hab Hunger.

Sie essen zum Geräusch von Besteck auf Porzellan. Das Gläserklirren, die Stimmen, der Geruch von Espresso und geschmolzener Butter, all das, was sich mischt, als sollte es genau so sein. Sie könnten geborgen sein, an diesem Ort mit den dicken Servietten, einem Keller voller Wein und Becken mit Krabben in der Küche. Alles frisch, alles gut hier, alles bereit für sie. Man will sich um sie kümmern, sie umschließen, als könnten sie auch schöne Klamotten tragen und zu Mittag eine Flasche Rotwein trinken. Es macht keinen Unterschied. Sie schweigen. Jan sitzt Milla gegenüber, neben ihr Kristina. Ihm fällt das Messer auf den Teppich, zum zweiten Mal. Er taucht kurz, dann erscheint sein Gesicht über der Kante, ein bisschen rot, die Augen nach unten gerichtet.

Milla hat Zeit, ihn anzusehen, so wie lange nicht.

So einfach wäre es. Die Hand ausstrecken, über den Tisch, dort hinlegen, wo der Sonnenbrand am Nacken aufhört. Er würde nichts sagen. Milla würde ihn küssen, richtig, jetzt gleich oder später, zwischen den Dünen und ein paar hohen Bäumen, und der Sand würde rutschen unter ihren Füßen. Der Kuss würde noch ein bisschen nach Salz und nach Knoblauch schmecken. Er würde sie anschauen. Endlich so anschauen. Oder sie könnte ihre Hand dalassen, in ihrem Schoß. Ein paar Sätze sagen, die man nicht zurücknehmen kann, packen in der Nacht. Allein per Anhalter mit einem Paar zurückfahren, auf dem Rücksitz einschlafen, eine Geschichte erfinden, früh wach werden und in Paris ankommen. Sie käme zurück und die Straßen, die Stadt wäre leer. Erst mal. Ein paar Tage, Wochen lang. Dann kämen die Geräusche zurück und die Farben. Sie würde an ihrem Fenster sitzen und auf Dächer schauen, billigen Rotwein trinken und Julien beim Diskutieren zuschauen, bis sie sich wieder fühlen würde, nach sich, nach irgendwas. Es wäre so einfach, es wäre einfach so. Und sie würde nicht warten, und die Zeit wäre wieder seine und ihre. Sie könnten sie mit schönen Dingen füllen, nur nicht miteinander.

Kristina fischt nach einer Muschel mit dem Löffel und erzählt etwas, damit es nicht still bleibt. Vom Fischerdorf in der Nähe ihrer Heimatstadt, zu dem sie mit dem Fahrrad fahren. Wie sie Fische ausnehmen, als ihre Eltern nicht zu Hause sind, und sich Videos auf YouTube anschauen, um zu wissen, wie. Jan macht Hmm, manchmal an der richtigen, manchmal an der falschen Stelle.

Du hörst nicht zu, sagt Kristina und tunkt Brot in ihre Schüssel.

Als der Nachtisch kommt und Kristina Schokolade am Mund hat, denkt Milla an vorhin, Jan und sie an der Garderobe. Sie spürt noch ihre Lippen kribbeln, ein Echo seiner Haut. Jan knackt die Zuckerschicht seiner Crème brûlée mit dem Löffel und schaut sie nicht an.

Da sitzt er, aufrecht, wie man ihm das beigebracht hat. Ein ganzes Leben nach Maß hat er bekommen, das sieht man ihm an. Jan nickt kurz, der Kellner kommt gleich und bringt die Rechnung.

Milla schaut auf Kristinas Finger, Jans Gesicht. Denkt an alles, was sie sich leisten können. Zeit zu verschwenden, miteinander oder allein. Fehler zu machen, zusammen oder getrennt. Sich leise zu verabschieden oder sehr laut. Alles ist so, wie es eben ist, für einen Moment oder zwei, dann geht es weiter oder auch nicht. Alles geht. Weil sie jung sind, weil sie Zeit haben, all das zu tun, oder nichts.

Kristina hört seine Stimme, vor ein paar Wochen, nach zwölf Uhr und mit viel Whiskey. Da erklärt Jan ihr, was Liebe ist. Es ist doch so. Er gestikuliert mit einer Kippe in der Hand.

Da treffen sich zwei und finden etwas, das alle suchen, seit Millionen von Jahren. Ein Paar, noch eins, eine endlose Kette, eine Perle, noch eine und dann wieder von vorn. Und sie sind wie der erste Mann und die erste Frau. Die Liebenden.

Jedes Paar ist Adam und Eva, sagt er und wischt sich ein Lächeln vom Gesicht.

Die Liebe, ein Instinkt für ihn, dem er selbst nicht folgen will.

Und wenn wir jemanden finden, dann wissen wir, wie es weitergehen muss. Wir tun, was die anderen tun, wir halten uns aneinander fest und beginnen von vorn.

Doch Jan will sich dagegen wehren. Orpheus oder Romeo will er nicht. Jack und Rose und Tristan und Isolde und Jan und Milla erst recht nicht. Hat doch noch nie für irgendwen geklappt.

Jetzt ist die Zeit, sagt Kristina damals und spuckt dabei ein bisschen auf den Boden, ihre Augen sind schon rot vom Wein, vom Gin und dann noch ein bisschen Whiskey aus Jans Glas. Er schenkt ihr nach. Worte fallen aus ihrem Mund, einfach, weil er da ist.

Sie sagt: Das ist jetzt die Zeit, wo solche Sachen passieren. Jetzt, weil wir nicht denken, dass irgendwas passieren kann. Du verliebst dich und machst Fehler, so wie jeder. Ich. Die Studentin, die mit ihrem Professor ins Bett geht. Die an der Bar die Gläser aufeinanderstapelt und eigentlich Kunst machen will. Wir verirren und verlieben uns, und das, was du nie werden willst, das wirst du dann vielleicht. Ich glaube, jeder hat ein Klischee.

Sie ist schön und sonderbar und streicht mit ihren

runden Fingern über das glatte Geländer an den Blumenkästen vorbei. Er schaut sie an.

Was ist deins?

Jan räuspert sich und schaut nach links, über seine Schulter, runter auf die Straße und an den Alleen und Dächern vorbei, zum hohen Turm und all den Lichtern, die zu einem Strich verschwimmen. Ich bin in meine beste Freundin verliebt. Kristina schaut ihn an und er schaut zurück, der Wind bläst ihr eine Locke auf die Lippen, und Jan lässt die Zigarette sinken, eine Sirene in der Ferne und überlagerte Stimmen aus den Räumen, dazwischen ihr Balkon, und küsst sie.

Es ist ein paar Wochen her, dass er ihr das sagt. Jetzt sitzen sie hier, Jan, Milla und Kristina, in einem französischen Restaurant und trinken Wein zusammen, essen zwei Gänge, frische Muscheln und hausgemachten Nachtisch. Etwas knallt draußen. Ein paar Köpfe drehen sich. Der Luftstoß hat ein Rad umgeschmissen, Milla sieht von ihrem Fensterplatz, dass es Kristinas ist. Der Wind meint es jetzt ernst.

Scheiße, sagt Milla. Die Fenster. Ich hab die Fenster aufgelassen.

*

Sie fahren durch die Felder, als es dunkel wird. Ihre Räder springen klappernd über Steine. Die Wolken hängen wie eine Decke über ihnen, tief und schwarz und schwer. Dann bricht der Himmel auf. Der Regen wird zur Dusche, Wasser aus Kübeln, Wasser in Fäden von oben. Es donnert. Auf dem Weg liegen Äste, Zweige ohne Wurzeln, Unordnung, die der Wind zurückgelassen hat. Sie verschwinden darin, zu dritt. Treten schnell in die Pedale, radeln den Pfad durchs Feld entlang bis in das kleine Waldstück, das den Regen abschirmt, in dem es rauscht und dumpf prasselt, von oben. Der Wind hat hier nicht dieselbe Kraft, aber immer noch genug.

Jan ist schnell, schneller als sie. Milla sieht Kristina, die vor ihr durch eine Pfütze fährt, das nasse Handtuch auf dem Rücken. Alles füllt sich, jedes Loch und jeder Zentimeter, in dem nichts ist, dort ist jetzt Wasser. Milla hört die Tropfen, die ihr auf den Schädel hämmern. Der Weg ist dunkel, und Wind weht durch das Gras zwischen den Bäumen. Es donnert, eine helle Vene zuckt am Himmel. Das Gewitter ist fast über ihnen. Die Pedale reiben an Millas nackten Füßen. Sie kneift die Augen zusammen, damit sie etwas sehen kann. Jetzt kommen die Ähren, das letzte Stück Feld vor dem Haus. Der Himmel öffnet sich wieder, sie sind schutzlos. Noch ein paar hundert Meter bis zur Einfahrt. Milla hört nur ihren Atem, das Donnern und den Regen, das Rattern der Kette auf der unebenen Erde. Das passiert, wenn jemand an einen Ort kommt und dort nicht hingehört. Sie vergessen abzuschließen, Nonna zu sein und die richtigen Dinge zu tun. Milla tritt schneller, der nasse Stoff wird warm von ihrer Hitze.

Sie rutscht. Auf einmal knallt es, ihr Kiefer landet auf Steinen und Dreck. Es geht viel zu schnell. Bevor sie es merkt, ist es passiert, ein Moment, so kurz wie Lampenflackern. Das Fahrrad liegt im Graben, Milla daneben.

Milla, ruft Jan und schmeißt sein Rad an die Seite.

Er rennt, er ist bei ihr, sofort.

Milla. Jan ist bei ihr und drückt mit der Hand auf eine Stelle an ihrem Knie. Das Adrenalin verschwindet kribbelnd, bis nur der Schmerz zurückbleibt, scharf und stechend. Jan nimmt sein Handtuch und drückt es auf die Wunde, dabei sagt er immer wieder, alles okay, alles okay.

Jan, ist nur ein Kratzer.

Kristina ist da.

Komm, sagt sie.

Sie schiebt sich an Jan vorbei und hebt Milla hoch an ihre Seite. Die Räder liegen da und werden gewaschen von tausend Tropfen.

Geht's?

Ja, sagt Milla.

Ein Indianer kennt keinen Schmerz, sagt Kristina.

Milla lacht ein bisschen, für sie. Ihr Bein pocht. Kristina führt sie weg, sie stützt sie beim Laufen. Sie humpeln den Pfad entlang. Milla schaut auf den Weg und die Biegung zum Haus und sieht erst jetzt, dass Jan nicht mehr da ist.

*

Die Tür ist offen. Milla bemerkt zuerst das Geschirr. Rosen in Ranken, verstreut in Scherben auf dem Boden. Tassen und Teller vom Frühstück, dazwischen schwarzer Schlick von Kaffee. Flecken auf den Vorhängen. Jan steht vor der Spüle und schaut sie an, er hat die Fenster geschlossen.

Scheiße, sagt Milla. Sie macht einen Schritt in den Raum.

Jan schreit stopp, es klingt heiser.

Milla zuckt zusammen, seine Stimme ist so viel lauter, härter, als sie es kennt. Sie bleibt stehen, gerade noch, bevor sich die Scherbe in ihren Fuß bohrt. Ihr Knie blutet, eine dünne rote Spur rinnt ihr Bein hinunter auf den Küchenboden.

Kristina führt sie zu einem Stuhl und hebt ihr Bein auf einen Hocker. Die Berührung ist weich.

Zeig mal, sagt Jan.

Ich mach das schon, sagt Kristina und presst das Handtuch weiter auf Millas Wunde. Sie wechseln einen kurzen Blick.

Schweigend holt er Besen und Schaufel aus dem Schrank. Milla schaut auf den Boden. Zu ihren Füßen Nonnas Tassen und Teller, zerbrochen.

Scheiße, sagt sie noch mal.

Nicht schlimm, sagt Kristina. Jetzt ist es wenigstens sauber.

Milla lacht. Stimmt.

Jan beginnt aufzuräumen. Er kehrt die Scherben zusammen und wischt den Regen vom Holz und kippt das Porzellan in die Tonne. Es verschwindet klirrend zwischen Plastik, fällt auf Zigarettenasche, Spargelenden, dann den Boden. Jan fährt mit einem Geschirrtuch über den Tisch, bis es vollgesogen ist, holt einen Mopp aus der Kammer und wischt. Ein Rhythmus, Fasern, die schmatzen, Wasser, das er in den Eimer wringt. Nicht so schlimm, sagt Milla sich. Sie können aufräumen, bis der Raum daliegt wie morgens. Keiner bemerkt die fehlenden Tassen im Schrank, das Holz der Arbeitsplatte, das aufquellt, trocknet wieder in der Hitze, und über Millas Wunde bildet sich bald neue Haut. Es dauert nicht lang, dann ist alles wie vorher.

Milla schaut Jan an. Er macht sie wütend, wie sorgfältig er die Scherben zusammenkehrt, wie gewissenhaft. Jan ist anders, als sie ihn gemacht hat. Der Große, der Stille, der Weise und Schöne. Das, was sie mag an ihm, das Bedächtige und Langsame, hat jetzt einen anderen Klang. Feige.

Jan war ein stilles Kind, sagen die Erwachsenen. Er rutscht die Rutsche, weil es alle machen, dabei faltet er die Hände im Schoß, weil er Angst hat, dass er sich die Finger verletzt. Dann trifft er Milla, alles an ihr ist kleiner, bis auf die Augen. Wenn sie durch den Garten gehen, geht sie ein paar Schritte hinter ihm. Er zeigt ihr, was er alles weiß, fängt Regenwürmer für das kleine Mädchen mit den rauen Knien, sie nimmt seine Hand, und zum ersten Mal sagt Jan: Keine Angst. Er ist größer und er kann auf Bäume klettern, eine Steinschleuder bauen und damit auf die Rosen schießen. Wenn er mit ihr durch die Ähren rennt, die Hände vor dem Gesicht und sie hinter ihm, glucksend, und seine Füße einen schmalen Weg durch das Gras trampeln, glaubt er ihr. Dass er stark ist. Dass er alles kann.

Kristina holt etwas aus ihrem Rucksack im Flur.

So, das brennt jetzt, sagt sie und tunkt rote Flüssigkeit auf das Handtuch, heller als Millas Blut.

Ich mach das, sagt Jan.

Geht schon, sagt Kristina.

Sie dreht sich zu Milla: Wir machen das besser oben.

Jan bleibt so, wie er ist, regungslos. Kristina nimmt Millas Hand und führt sie hoch ins Bad.

Auf der Treppe sagt sie leise: Du gehörst ihm nicht, weißt du?

*

Milla sitzt auf dem Klodeckel und merkt auf einmal, wie klein der Raum ist, wie nah Kristina vor ihr. Sie beugt sich über ihr Bein, und Milla kann die schwarzen kurzen Härchen sehen, die unter Kristinas Augenbrauen nachwachsen. Ihre Lippen sind rot. Milla friert. Ihr Kleid klebt an ihr.

So. Wasserfest, sagt Kristina und drückt ein silbernes Pflaster auf die Wunde.

Danke, sagt Milla.

Sie schaut nur hoch, lächelt und nickt. Auf einmal

ist Kristina etwas, das Milla von ihr noch nicht kennt. Scheu.

Kein Problem. Kristina fährt Milla über die Hände. Eiskalt, sagt sie.

Ihr Leuchten liegt jetzt auf Milla, ganz allein. Und Milla schaut nicht weg, dieses Mal. Sie versteht, warum Jan das gefällt. Aufmerksamkeit, uneingeschränkt. Noch etwas mehr, Bewunderung. Sie schaut sie an, als gäbe es niemanden sonst auf der Welt. Ganz bei ihr, als könne sie alles sagen oder tun. Als habe sich ein Scheinwerfer verschoben, Licht, ganz auf sie gerichtet. Milla badet darin, und Kristina strahlt.

Kristina geht zum Hahn und dreht ihn auf, Wasser strömt aus dem Duschkopf, wie gerade vom Himmel. Sie hält einen Finger in den Strom, bis Dampf von den Fliesen aufsteigt. Milla sitzt immer noch und umklammert ihre Rippen. Sie zittert. Sie zögert, dann steht sie auf. Sie zieht sich den schweren Stoff über den Kopf und streift ihren Badeanzug ab, aber die Bewegung ist langsamer als sonst. Sie hält die Augen auf die Fliesen gerichtet und lässt Kristinas Blick über sie fahren. Dann steigt sie unter heißes Wasser.

Milla schließt die Augen und spürt Nadeln in ihren Händen und Füßen. Sie steht da, bewegt sich nicht und atmet Wasserdampf. Sie hört, wie Kristina neben ihr fast lautlos ihre Shorts auszieht. Nur eine dünne Schicht aus Plastik trennt sie noch, es sieht aus wie eine Leinwand, auf der Schatten tanzen. Sie sieht ihre

Arme, die nach oben greifen und den Vorhang öffnen. Kristina kommt zu ihr, und Milla kann nicht fliehen vor ihrer Haut, die überall ist. Sie sind nackt, beide, zwischen ihnen nur die Tropfen. Kristina nimmt Duschgel und einen Lappen, sie seift sich ein, als sei es ganz normal. Milla kann die weißen Stellen sehen, auf denen vorhin noch Stoff war. Sie steht vor ihr, wie eine Schwester, trotzdem schaut Milla hin. Sie fährt die Linien zu Ende, die sie vorher nur ahnen konnte. Kristina beugt sich zu ihr, Milla spürt den Waschlappen in ihrem Nacken. Kristinas Hand kreist über ihren Rücken, erst hoch, dann runter. Wie eine Mutter, die ihr Kind wäscht, denkt sie. Sie dreht sie um, sie drücken sich aneinander. Nichts mehr zwischen ihnen. Sie spürt, wo es weich ist und wo hart, Muskeln und Haare, Wärme von Kristinas Körper auf ihrem, ihre gebräunte Haut gegen ihre blassen Schenkel. Sie kann alles spüren. Das Wasser rauscht, berauscht sie, in ihrem Kopf Nebel und Wasserdampf, Kristina an ihr, ihre Wärme, ihre Haut, ihr Atem. Sie tasten nacheinander und finden sich in einem Kuss, der anfängt, aber nicht aufhört.

Irgendwann knarrt etwas. Als Jan den Vorhang zurückzieht, trifft sein Blick Millas Augen. Alles ist da. Alles, was sein kann, was nie war und vielleicht nie mehr sein wird. Alles das liegt zwischen ihnen, jetzt.

Sie stehen da, und Jan kann nicht wegschauen. Einen Moment lang bewegen sie sich nicht. Milla versucht, sein Gesicht zu lesen, doch sie kann es nicht.

Tut mir leid, sagt er, den Blick zur Seite.

Jan, sagt Kristina. Jan.

Sie schaut ihn an, sehr lang.

Es ist okay.

Milla und Kristina stehen im Wasserdampf, und Kristina küsst sie am Hals. Milla hat den Kopf zu ihm gedreht. Sie heftet ihre Augen an seine, während Kristina sie an sich zieht. Jan hat sie nicht mehr nackt gesehen, seit sie Kinder waren.

Komm, sagt Kristina zu ihm, als wäre nichts.

Einen Moment steht er da, regungslos, Zweifel im Gesicht. Dann zieht Jan sich sein T-Shirt aus und legt es auf dem Boden zusammen. Milla lächelt, er ist viel zu ordentlich, auch jetzt. Er streift die Shorts ab, steigt zu ihnen. Sie machen Platz für ihn. Es ist eng zu dritt in der alten Dusche, sie drücken sich aneinander, umständlich. Jan rutscht, sinkt an die Wand, sie lachen. Ziehen ihn in die Mitte, Kristina vor ihn, Milla dahinter. Kristina gibt etwas Duschgel auf ihre Hand und sie waschen ihn, vorsichtig. Millas Hand fährt von hinten über seine schmale Brust, Schaum mischt sich mit seinen Haaren dort. Er lacht noch mal, nervös. Milla zieht ihn sanft an einer Schulter. Er dreht sich. Dann ist Jan da, vor Milla, näher als vorhin. Diesmal zuckt er nicht zurück. Seine Lippen sind weich, diesmal. Milla öffnet ihren Mund, etwas Wasser rinnt in ihren Kuss. Wieder ist Kristina da, ihre Hand an Millas Hüfte, ihr Mund an ihrem Hals. Milla schließt die Augen und vergisst, was ist. Lässt sich fallen und immer tiefer sinken. Arme fangen sie. Nägel und Zähne auf ihrer Haut. Als sie die Augen öffnet, ist da Jans Gesicht. Einen Ausdruck in den Augen. Endlich versteht er es.

Mittwoch

Emma schaut hoch. Der Himmel versteckt sich immer noch.

Milla, gehen wir jetzt den Papa besuchen, fragt sie und wippt auf dem Rücksitz.

Milla streckt die Hand nach hinten auf ein Knie, das zappelt. Emma kaut auf einer Haarsträhne und legt den Kopf auf ihre zusammengeknüllten Jacken.

Nein, der Papa ist nicht mehr da. Aber wir besuchen den Papa vom Papa.

Milla sagt das wie selbstverständlich. Der Papa ist nicht mehr da. Weißt du doch.

Und ist der nett?

Der ist nett, sagt Milla.

Kristina sagt: Kommt drauf an. Sie traut sich noch nicht, Emma anzufassen. Sie lässt es Milla machen, das Schuheanziehen und das Schlafanzugzuknöpfen. Sie ist darin zu Hause, sieht Kristina an den Gesten. Kristina denkt nach über jede Bewegung, jeden Satz, den sie sagt vor Emma. Weil sie Angst hat, dass Emma es nicht mag, irgendwas an ihr oder gleich alles.

Emma hält Kristina einen Fuß hin: Mach du!

Kristina soll die Schuhe ausziehen?

Ja.

Noch besser, sagt Milla, und die Frauen tauschen einen Blick.

Kompromisslos, denkt Milla, ist alles, was Kristina macht. Ihr Leben an der Kunsthochschule, der Exzess, dann in der Klinik, die Zurückgezogenheit. Jede Bewegung, jeden Gedanken, den sie anfängt, führt sie auch zu Ende, wenn man sie nicht aufhält. Sie will schwimmen, als es stürmt, und steigt zu Milla in die Dusche, ohne zu fragen. Jetzt beugt sie sich über Emma, um den Gurt festzuschnallen. Emma tippt mit ihren Füßen an den Vordersitz.

Was hast du da?, fragt Kristina, die sich umdreht zu Emma und auf ihren Schoß zeigt.

Ein Kastanientier.

Ein Hund?, rät sie.

Nee.

Ein Pferd?

Nee.

Ein Schwein?

Emma gluckst.

Eine Katze, rät Kristina weiter.

Mhm, sagt Emma und strahlt.

Deins!, sie beugt sich vor und legt es in Kristinas Hand. Kristina dreht das Tier mit den schiefen Streichholzbeinen und sagt leise: Danke.

✻

Sie fahren ab von der Autobahn. Die Häuser sind größer, alles hat mehr Platz. Die Straßen sind breit, kein Teer ist aufgeplatzt. Hecken stehen gerade, Fenster sind geputzt und die Türen sind abgeschliffen oder frisch lackiert. Sie haben Gärten, Tore und Schilder, auf denen nur ein Name steht. Die Villengegend. Es gibt einen Italiener, einen Bäcker und Parks, glänzende Autos und wenig Menschen auf der Straße. Wenn Milla hierherradelt als Kind, ist es, als bereise sie eine andere Welt.

Sie haben es geschafft. Das, wofür Millas Eltern sparen und beiseitelegen, in ihrer kleinbürgerlichen Wohnung mit den losen Zierleisten, in der die Mutter schon Wochen vor dem Urlaub Vorräte aus dem Discounter hortet, weil es im Ausland so teuer ist. All das, was bei ihnen reichen muss, ist hier nicht gut genug. Voller Schrammen wirkt ihr Leben im Vergleich zu diesem, das so makellos ist wie die polierte Klinke und die schwarze Tür. Die Halle, in der ihre Schritte bis nach oben reichen. Immer lange, teure, frische Blumen in der Vase. Nie jemand zu sehen, der sie bringt. Es fasziniert sie, was das Geld kann. Etwas, das da ist oder eben nicht, das entscheidet, ob drei Autos vor der Garage stehen, die noch nach neuem Leder riechen, oder ein altes Rad. Das Gefühl ist immer noch da, nur ist da weniger Bewunderung, mehr Hohn vielleicht, oder Trauer, weil Milla weiß, wohin sie fahren. In ein verlassenes Haus, das glänzt. Sie weiß, dass dahinter dasselbe ist, normales Leben, nur mit leichtbezahlten Rechnungen, dieselben Sorgen,

Rückenprobleme, Einsamkeit, ein toter Sohn. Milla, Kristina und Emma fahren die Straße am Fluss vorbei und hören dazu eine von Millas alten Bibi-Blocksberg-Kassetten. Jemand parkt seinen Porsche aus, Milla hält, und Bibi ruft zusammen mit Emma: Hex, Hex! Dann, auf der linken Seite, kommt das Tor.

Das Haus ragt weiß über der Hecke. Man kann noch immer ins Büro des Vaters sehen. Akten und Bücher, dunkelbraun und rot, ein Schreibtisch mit lederner Unterlage und eine goldene Lampe darauf. Ein Füllfederhalter, rote Tinte, die im Fass vertrocknet.

Milla öffnet das Tor, das nicht quietscht. Oben schaut ein weißes Bullauge auf sie. Die Kamera. Ein gepflasterter Weg führt an den Rosen vorbei zum überdachten Treppenaufgang. Zwei Buchsbäume stehen hier in großen Terrakottatöpfen. Überall Buchs in der Nachbarschaft, auf den Fenstersimsen und neben Säulen. Ein Baum, der hierher passt, weil man ihn zuschneiden kann, akkurat, genau so, wie man sich das wünscht. Milla klingelt, ihr Finger hinterlässt einen Abdruck auf dem Knopf, Wärme auf kaltem Metall. Ein Fehler, hier zu sein? Nicht hierherzukommen, das wäre falsch gewesen.

Jans Vater. Ihr Puls schlägt schneller, jedes Mal, wenn sie an ihn denkt. Jedes Mal, wenn sie seine Nummer wählt. Sie weiß nicht, weshalb: weil sie Angst hat, dass er nicht abnimmt oder dass er rangeht. Vor den Dingen, die er sagen könnte, und denen, die sie nicht sagen kann. In ihren Briefen versucht sie zu erklären, wie sie fühlt, dass sie ihn verstehen kann. Er muss es auch denken: dass es ihre Schuld ist.

Hanne spricht leise mit ihnen, gestern.

Du weißt doch, wie er ist. Er schiebt Jans Tod weg. Und du erinnerst ihn daran.

Wir müssen hin, sagt Kristina. Allein schon wegen Emma.

Unterhalt wird er nicht zahlen, sagt Milla.

Dann machen wir eben einen Vaterschaftstest. Da ist Kristinas Sturheit, die nie ruht.

Du kennst ihn nicht, sagt Milla nur.

Ein kurzer Wind fährt durch ein paar kahle Äste. Drinnen bewegt sich nichts. Sie stehen vor der polierten Tür, einen Moment lang, unschlüssig. Dann öffnet er, Schäfer senior selbst. Eine schnelle Bewegung, die Wunden wieder aufreißt. Er trägt Hausschuhe, darüber eine dunkelgraue Anzughose und ein hellblaues, faltenfreies Hemd. Milla erinnert sich an eine Zeit, an der es noch Jans Kinderfrau Annette ist, die öffnet, in ihren großen Schürzen und mit dem behäbig schweren Gang, den man schon auf den Fliesen hört. Heute öffnet er ihnen, und sein Gesicht erstarrt. Sein Gesicht, das noch so aussieht wie damals, nur gerahmt von grauen Schläfen. Und Augen, die Augen sind anders. Dunkle Schatten darunter, die Lider tragen mehr Fleisch. Er erlaubt sich keinen Bauch, auch nicht im Ruhestand. Links hinter ihm stehen seine Joggingschuhe auf einer Matte, noch Dreck daran.

Hallo, quiekt Emma, sie ist noch aufgekratzt von der Fahrt und allem, was sie ihr dabei erzählen. Erwartungsvoll. Emmas Stimme trifft ihn wie ein Brett im Gesicht.

Jans Vater hält inne und stützt sich am Türrahmen ab. Er ist kein Mann, der Äh sagt. Stattdessen räuspert er sich und übersieht das Kind, das zu ihm aufschaut.

Kommt rein, sagt er, und Milla fängt seinen kurzen Blick nach rechts. Die Nachbarn, was denken die Nachbarn. So ist das hier. Er winkt sie durch die Tür. Emma bleibt hinter Milla und hält sich an ihrem Bein. Sie sieht die Wendeltreppe, einen modernen Leuchter von der Decke, und die Anrichte. Hier ist Jan aufgewachsen. Jan ist das einzige Kind, ein spätes. Sein Vater ist fast vierzig, die Mutter vierzehn Jahre jünger, als er kommt.

Das Haus ist leer, bis auf den Vater. Niemand, der Kissen aufschüttelt oder Braten macht, die Zimmer füllt. Jans Vater führt sie ins Wohnzimmer, einen langen Raum, zwei Sofas, ein Sessel, eine Leselampe, bodentiefe Fenster zum Garten. An den Wänden hängen Fotos, der Großvater, der rudert, daneben ein Bild von Jan mit einem schwarzen schiefen Hut auf dem Kopf. Die Schäfers gehen alle nach England für ein Jahr, oder ein halbes, aufs Internat oder die Uni. Dort öffnen sich Türen, sagt der Vater. Und als Milla Jan besucht, ist das so, als er in seinem Anzug durch die bepflasterten Gassen geht. Überall gehen schwere, alte Türen auf, mit einem höflichen Satz, gerade laut genug, um nicht aufdringlich zu sein. Sie öffnen sich zu Gärten und zu hohen Hallen mit Bildern an den Wänden. Und es ergibt Sinn, warum Jans Vater ihn hier haben will, mit all den anderen, die es auch so machen. Söhne und Töchter, die ihm zeigen, was das heißt, Familientradition. Es ist das erste Mal, dass sich etwas verändert hat. Milla und Jan sind nicht mehr Kinder und sitzen im Baum vor dem Haus, spucken gleich weit und schauen auf dieselbe Sonne. Sie sind keine Geschwister, sondern Freunde.

Die Schäfers haben viel. Früher hatten sie eine Fabrik in Schlesien. Sie hatten Porzellan und Spitzendeckchen unter den Kaffeetassen. Dann war der Krieg zu Ende, sie hatten nichts, außer Koffern mit Pelz und Ruß an den Wangen. Nichts, der Großvater betont das gern, und Jans Vater spricht noch ein halbes Jahrhundert später davon. Das Ende zischt er. Nichts.

Der Vater steht vor seinem Sessel, auf dem Tisch liegt seine Zeitung, daneben steht ein Kaffee. Sein Nachmittag, wie er geplant war. Ihn wischen drei Frauen mit einer Bewegung vom Tisch.

Kristina, sagt Milla, weil sie die Spannung fühlt und seine hochgezogenen Schultern sieht. Vielleicht gehst du kurz mit Emma in den Garten?

In der Nacht ist hier Schnee gefallen, und alle Bäume und Büsche sind gezuckert, eine weiße Schicht. Alles ist weich, undeutlich, nur als Emma mit beiden Füßen in den Schnee springt, sieht Milla noch die braune Wiese darunter.

Was ist mit Opa, sagt Emma noch, kommt der nicht?

Der Opa spielt nicht, hört sie Kristina sagen, bevor sich die Flügeltür zur Terrasse schließt. Dann verschwinden ihre Stimmen hinter Glas.

Herr Schäfer, fängt Milla an. Sie siezt ihn immer noch, nach all den Jahren. Es tut mir leid, dass wir hier einfach auftauchen. Ich wusste nicht, was ich sonst machen soll. Sie haben auf keinen meiner Briefe reagiert. Und jetzt. Jetzt ist Kristina da, und wir dachten –

Milla. Er schneidet sie ab. Ich werde offen mit dir sprechen, ja? Als ob sie Nein antworten könnte. Ich finde es unmöglich von euch, einfach so hier aufzutauchen. Noch dazu mit ... dem *Kind* und ... *ihr*. Beides spricht er aus, als versuche er sie mit den Worten abzuschütteln.

Herr Schäfer, sagt sie noch mal, weil sie hofft, dass sie ihn mit dieser Formel irgendwie erreicht, die er kennt und gewohnt ist. Ich weiß, dass es schwer ist.

Du weißt überhaupt nichts, Mädchen, sagt er und dreht sich weg. Er gießt sich einen Whiskey in ein niedriges, dickes Glas und nimmt einen Schluck. Es ist kaum Nachmittag.

Er trinkt. Einen Moment lang ist er reglos, schaut auf sie mit dem Glas in der Hand. Milla versucht es noch mal.

Ich verstehe, dass Sie nicht mit mir reden wollen. Sie haben Ihren Sohn verloren. Ich kann mir nicht vorstellen, wie sich das anfühlt. Aber ich habe meinen besten Freund verloren. Und er hat ein Kind, das seinen Vater verloren hat.

Das hast du schön gesagt.

Sein Hohn ist kalt wie Eis.

Milla lässt sich nicht abbringen. Sie kennt ihn, sie kennt den Ton.

Aber Emma lebt noch, sie fängt gerade erst an. Sie ist seine Tochter, Ihr Enkelkind.

Der Mann, der vor Milla steht, in Hausschuhen und Anzughose, schnaubt.

Bitte, die Vaterschaft zweifle ich in diesem Fall stark an.

Ihre Wut wächst. Milla hat nichts aufgehoben, nichts ins Labor geschickt. Keine Zahnbürste, keine Haarsträhne, kein Hemd, obwohl vieles zurückblieb nach dem Auszug. Am Ende räumt sie alles aus, erst aus seiner, dann aus ihrer Wohnung, gibt ein paar Säcke in die Kleiderspende und kippt den Rest in den Müll. Alles, was sie an ihn erinnert. Es soll wie das Feuer sein, das seinen Körper verbrennt. Klärend, radikal. Nur fühlt es sich an, als habe sie sich eine Hand abgehackt und würde darauf warten, dass es hilft. Sie denkt, entweder kann sie mit all seinen Sachen leben wie mit Gewichten, oder sie lässt alles los. Eine Freundin schenkt ihr damals einen Tee mit Kräutern, Loslassen heißt er. Sie lässt ihn zwölf Minuten lang ziehen statt fünf und hofft, dass es hilft.

Nur den Mantel behält sie, den, mit dem er sie zudeckt, als er sie eines Abends auf dem Sofa findet, frisch getrennt. Er redet sie in den Schlaf, ihr Kopf auf seinem Schoß. Als sie morgens aufwacht, schläft er auf dem Teppich vor dem Sofa, als bewache er sie. Auf ihr liegt sein Mantel. Den, den sie erst nach vier Jahren aus dem Schrank zieht, den sie jetzt trägt und in dem sie seinen Einkaufszettel findet. Vielleicht erkennt ihn der Vater. Vielleicht ist es ihm egal.

Herr Schäfer, wir wollen kein Geld. Sie haben ein Recht darauf, sich kennenzulernen. Beide.

Er lehnt sich zum Fenster und sieht Emma, die gerade angestrengt einen kleinen Schneeball formt. Kristina, die hinter einem Busch in Deckung geht.

Der Vater versteckt sich hinter Verschwörungstheorien und gräbt sich in die Trauer ein. Als sei er allein auf der Welt, vielleicht, weil er sich so fühlt. Aber er ist es nicht. An der Beerdigung gibt er ihr noch nicht mal seine Hand. Millas Mutter legt danach den Arm um sie. Nimm es nicht so schwer. Sie kennt ihn lang, vielleicht auch besser als Hanne, die drei Jahre jünger ist. Millas Mutter kennt ihn, als er noch jung ist und im Keller seiner Eltern an Mofas bastelt. Sie kritisiert ihn nie, anders als Hanne, und verzeiht ihm vieles. Auch, dass er reich ist und sie nicht.

Auf dem Boden liegt ein roter Perserteppich, er ist so lang wie der Raum, länger als der schwere Kirschholztisch, der auf ihm steht. Milla kann sich und Jan um die Tischbeine rennen sehen, der Vater ist nicht da, und sie spielen endlich dort, wo man sich sonst nur mit vorsichtig gesetzten Schritten bewegt und die Ellbogen nicht auf den Tisch gehören. Über der Anrichte hängt ein Bild über dem Silber, es ist ein Schiff im Sturm. Die Wellen sind fast so hoch wie der Mast, aber das weiße Segel sticht aus dem Dunkel. An Bord sind kleine schwarze Striche, das sind die Menschen, die im Sturm den Kurs halten.

Auf der Ablage liegen zwei Briefe. Jans Vater kämpft. Er schreibt dem Handyanbieter und der Versicherung, einen Beschwerdebrief, dann noch einen, so viele, dass er ein Regalbrett im Büro frei räumt. Er legt Ordner an, damit er sagen kann: Wie aus meinem Schreiben vom vierzehnten Februar hervorgeht. Sonst sehe ich mich gezwungen, rechtliche Schritte, ich, als langjähriger Kunde. Einmal bezahlt er den Firmenanwalt dafür, dass er seinen DSL-Vertrag außerrechtlich kündigt. Er schreibt jedem, der ihm Unrecht tut. Vielleicht, weil es ihm reicht damit. Auf Papier kämpft er für das, was er vom Leben nicht bekommen hat: Gerechtigkeit.

Milla hat ihn noch nie so betrachtet, als einen Mann, der etwas will, es nicht bekommt; dem etwas weh tut und der hilflos ist. Er war immer Jans Vater. Eine Instanz, wie das älteste Gebäude einer Stadt, groß und gepflegt, unnahbar und herrschaftlich. Jemand, der einen Raum betritt und jeder weiß, dass er wichtig ist. Sein Rücken ist gerader, seine Nähte feiner und das Lächeln weißer. Perfekt, so will er es. Aber so ist es nicht.

Wir waren bei Hanne, sagt Milla.

Hanne, sagt Jans Vater, atmet aus und lässt die Schultern sinken. Hanne ist die Einzige, die ihn beim Vornamen nennt, bis auf Millas Mutter.

Und was hat sie gesagt?

Dass es an der Zeit ist, dass wir miteinander sprechen.

Er zögert, fährt mit der Hand über eine Stuhllehne.

Gut. Dann sprechen wir, sagt er und verschränkt die Arme, in der Hand noch das Glas. Als müsste sie das allein tun.

Es ist mir schwergefallen, Ihnen zu schreiben, einfach hierherzukommen.

Das kann ich mir vorstellen, sagt er, und er legt dabei den Hohn nicht ab, die Distanz in der Stimme, die ihn klingen lässt, als könne keiner ihn erreichen. Milla ignoriert es. Stattdessen sagt sie das, was sie sagen will, seitdem Jan tot ist.

Wir waren da, an dem Morgen, an dem er aus dem Haus ging. Kristina hat ihn gehört. Sie dachte, vielleicht will er Baguette holen und kommt gleich zurück. Ich hätte wissen müssen, dass was ist. Ich kenne ihn, er hat das nicht ... er konnte nicht damit umgehen, was zwischen uns passiert war. Und ich hatte die Idee.

Sie spricht jetzt schneller, immer schneller.

Ich habe ihm überhaupt erst schwimmen beigebracht. Ich hatte die Idee, und er konnte es einfach noch nicht, zumindest nicht gut genug. Er hatte immer Momente, in denen er panisch wurde und um sich geschlagen hat, und dann. Ich weiß, was alle anderen sagen, dass man es nicht hätte verhindern können. Dass ich nichts dafür kann, dass es ein Unfall war. Aber ich hätte schneller reagieren müssen, oder die Haustür abschließen, oder am besten, wir hätten gar nicht erst hinfahren sollen. Das war so 'ne Schnapsidee, alles. Kristina hat gesagt, er holt Baguette und wir frühstücken, ganz normal.

Die Schuld bricht aus ihr heraus, der Zweifel und die Angst. Sie ist schutzlos darin, er sieht es, und vielleicht sieht er auch endlich, dass etwas daran stimmt. Es ist leichter für ihn, es anders auszulegen. Er, sein Sohn: das Opfer. Zwei junge Frauen, die mit Jan ans Meer verschwinden, die ihn verführen und ins Wasser ziehen. Das ergibt Sinn in seiner Welt. Jan ist Erbe. Erbe muss man schützen. So mischt der Vater all die Worte mit Jans Tod, die dort nichts zu suchen haben: Großunternehmen, Erbe, Vaterschaft. Sie hört ihn schreien damals, das wird Konsequenzen haben. Doch die hat es nicht. Das, was Konsequenzen hat, ist schon längst passiert.

Frau Anton, fragen sie Milla, als Jan tot ist, sind Sie so weit?

Sie wollen, dass sie ihn noch mal anschaut. Das heißt, bevor man ihn durch die Finger rinnen lassen kann wie silbernen Sand.

Ja, sagt sie, und sie weiß nicht, wohin sie die Antwort führt. In einen Raum, kahl und hell, allein mit niemandem. Ihr ist mulmig, gleich sieht sie etwas, es. Es, ihn, den Tod? Ein Mann öffnet die Tür, er macht das jeden Tag, aber sie, Milla, hat noch nie einen Toten gesehen. Da. Sein Körper liegt da, auf einer Bahre, bis zu den Schultern ein Tuch. Jemand, vielleicht derselbe Mann, der ihr die Türe öffnet, hat ihm die Augen geschlossen, aber nicht ganz. Ein bisschen Weiß sieht sie, die Lider schlaff darüber. Da ist er, das ist sein Gesicht, wächsern und leer. Da ist sein Kinn, Bartstoppeln an den Wangen, seine Lippen geschlossen. Es ist sein Körper. Sonst nichts. Milla hat noch nie so verstanden, was das heißt, wie jetzt in diesem Moment: Leben. Das, was daliegt, ist das Gegenteil davon. Eine Hülle, die von allem Leben verlassen ist. Trotzdem zieht sich ihr Herz zusammen, immer wieder, und die Tränen rinnen über ihre Wangen, bis ihr Gesicht ganz nass ist. Sie weint um das, was weg ist.

Ist er das?, fragt eine Stimme, als sie auf den Flur tritt.

Ja, sagt sie und denkt Nein. Das ist nicht mehr Jan.

Jan ist weg und lässt alles andere zurück. Auch die große Villa in Frankfurt und seinen Vater darin, der Milla jetzt gegenübersteht.

Milla, sagt der Vater, und seine Stimme ist ruhig.

Was hat dir Jan über den Tod seiner Mutter erzählt?

Sie schaut ihn an, als habe er sie aufgeweckt. Und zum ersten Mal sehen sie sich wirklich in die Augen.

Nicht viel.

Sie sprechen nicht davon. Am Elternabend sitzt Jans Vater neben den Alleinerziehenden und sieht aus, als ob er dazugehört, nur dass er noch den Ring am Finger trägt. Er riecht nach teurem Aftershave. Er geht jetzt joggen vor der Arbeit, das sieht man.

Machen Sie viel Sport?, fragt eine Frau und greift sich eine Cola vom Tisch, ihre Augen wandern über seinen Oberkörper zum Gesicht. Sie ist die Mutter von Nelson. Nelson hat sich letzte Woche mit einem Lehrer angelegt, und seiner Mutter wurde gesagt, ihr Sohn brauche jetzt Grenzen, Autorität. So sieht Jans Vater aus.

In der Schule sitzt Jan neben Milla auf der Bank und macht, was andere auch machen. Unauffällige Entwicklung, sagt ein Buch über Traumata, in dem Millas Mutter abends liest. Jan kritzelt in sein Heft, schießt Bälle über den Zaun, raucht hinter der Turnhalle mit ihr, sitzt auf dem Geländer und trägt seine Französischübersetzung in gespieltem Accent vor. *En, un, on, oui, oui!* Sie lachen. Er neckt sie, als sie in jemanden aus der Zwölf verliebt ist, ihre Hosen plötzlich zu eng sind und der Kajal zu schwarz. Und sie vergisst es ganz, vergisst, dass da ein Loch ist, von dem er vielleicht selbst nichts mehr weiß. Nur manchmal kommt die Wut.

Sie kommt, wenn eigentlich nichts passiert. Jemand hat ihn beim Bäcker aus Versehen geschubst oder der Automat gibt ihm Fanta statt Spezi.

Einmal, in Chemie, tragen sie alle Plastikbrillen und lassen zwei Stoffe reagieren. Milla und Jan stehen vor einem dünnen Glasgefäß und warten. Es riecht nach Schwefel. Die Flüssigkeit soll sich von Gelb nach Rot färben. Durch die Reihe geht Raunen, das sind die, die es schaffen, ein paar Mädchen klatschen in die Hände, eins davon, Sophie, mag Jan. Jan steht neben Milla, sie lassen die Arme hängen. Ein paar Minuten, dann sind alle Gefäße rot, außer ihres. Über ihrem Tisch hängen andere und schauen auf ihr Glas. Milla spürt, wie Jan sich neben ihr verkrampft.

Kein Grund zu gaffen, beim Langschläfer passiert halt nichts, sagt Finn. Er ist blond, spielt Tennis im Verein und isst jeden Morgen selbstgeschmierte Nutella-Brote, die ihn nur nach oben wachsen lassen und nicht in die Breite. Jan wischt das Glas vom Tisch, es klirrt laut, ein paar Schüler springen zur Seite, überall dünne Splitter. Über die flachen Treppen im Raum läuft gelbes Wasser.

Kein Bock auf die Scheiße, murmelt Jan und stürmt aus der Tür.

Er rennt weg. Und die Lehrer reden. Am nächsten Tag sitzt er auf dem Stuhl, und sie sagen: Wenn die Wut wieder kommt, Jan, dann kommst du zu uns. Dann sagst du uns das. Dann rennst du nicht weg.

Jan rennt immer wieder weg. Er sagt keinem, dass die Wut kommt. Er will, dass sie nur ihm gehört. Dass sie ein Zeichen dafür ist, dass da noch etwas anderes ist, als brav sein, jeden Tag aufstehen, zur Schule gehen, in die Pause, wenn es klingelt, und dann wieder setzen. Dass die Wut Sehnsucht ist, die ihn später ein kleines rotes Auto kaufen lässt, das schon fast auseinanderfällt. Damit er schnell da sein kann, jederzeit: woanders. Die Wut auf das Hier und das Jetzt ist das, was ihn rennen lässt, vielleicht auch, weil es mit jeder Sekunde das Damals verschluckt.

Milla trägt ihm den Rucksack nach Hause, jedes Mal, stellt ihn auf der Schwelle ab und kann Jans Vater von innen schimpfen hören.

Dieser Vater steht jetzt vor ihr in seinem hohen Zimmer und redet, während sein Enkelkind Schnee von den Zweigen schüttelt.

Ich gehe davon aus, dass Hanne dir nichts erzählt hat?, fragt er.

Wie meinen Sie?

Sie versteht nicht. Hanne? Was hat Hanne damit zu tun?

Vielleicht sollten wir die anderen dazuholen, sagt er, so wie nur er das kann, so sachlich, als ginge es um Wertpapiere.

Milla nickt und öffnet die Flügeltür. Die Luft ist frisch, und ein paar Vögel zwitschern. Ein Kontrast zu dem, was drinnen ist, stickige Luft und kein Geräusch, außer seiner Stimme. Emma hat rote Backen von der Kälte, und Kristina atmet schwer, sie haben Fangen gespielt im Schnee. Sie winkt sie her, und beide laufen, nebeneinander. Milla lächelt. Das linke Knie zeigt bei beiden ein bisschen nach innen.

Bitte, sagt er und zeigt aufs Sofa. Sie setzen sich, alle drei, Emma in der Mitte, und Jans Vater schenkt ihnen zwei Gläser Wasser ein. Er nimmt noch einen Schluck vom Whiskey. Dann setzt er sich auf den Sessel gegenüber und lehnt sich vor, die Ellbogen auf die Knie gestützt, die Hände ineinander. Milla wünscht sich, er würde mit seinen Konferenzgesten aufhören, sich endlich verhalten, als seien sie wirklich hier, seine Enkeltochter und sie, kein Großkunde aus China. Emma spielt mit einer Troddel an einem verzierten Kissen.

Ich habe Milla schon gesagt, dass ich die Vaterschaft meines Sohnes stark anzweifle. Aber da ihr nun schon mal hier seid, gibt es etwas, das ihr – und dabei schaut er auch auf Kristina – wissen solltet. Ich gebe Hanne recht, vielleicht ist es Zeit.

Keiner sagt etwas, nur Emma macht ein paar kleine vergnügte Geräusche, vertieft in ihre Kissentroddel, mit der sie jetzt Tiefseequalle spielt.

Meine ... *Frau*. War krank. Das Wort Frau, die eine Silbe, fällt ihm schwer. Ein Mann, der immer flüssig redet, stockt.

Es ist so. Meine *Frau* litt unter einer neurodegenerativen Krankheit. Das ist eine Krankheit, bei der nach und nach die Hirnfunktion versagt. Die Patienten bewegen sich unkontrolliert, oft verändert sich ihre Persönlichkeit, einige werden depressiv. Alle verlieren nach und nach die Kontrolle über ihren Körper, bis sie sich nicht mehr selbst versorgen können. Mit der Zeit werden die Patienten dement. Am Ende erkennen sie ihre Angehörigen nicht mehr, können nicht mehr selbständig essen, nicht mehr sprechen. Die Krankheit verläuft tödlich. Es kann fünf Jahre oder zwanzig Jahre dauern, aber die Patienten sterben. Es gibt keine Heilung.

Es klingt, als rezitiere er eine Seite aus einem medizinischen Lexikon. Die Worte prasseln auf Milla, aber sie kann noch nicht einordnen, was sie da hört.

Der Vater fährt fort.

Meist beginnt die Krankheit zwischen dem dreißigsten und fünfzigsten Lebensjahr, aber Frühsymptome treten oft schon viele Jahre vorher auf. Ich würde sagen, die Symptome fingen bei ihr etwa ein Jahr vor ihrem Tod an, auffällig zu werden. Sie ließ vieles fallen, ihr Kurzzeitgedächtnis verschlechterte sich, sie war plötzlich aggressiv, dann wieder lethargisch. Ich gehe davon aus, dass sie es eine Weile versucht hat, vor mir zu verstecken. Meine *Frau* ... verlor nicht gerne die Kontrolle.

Jan erzählt Milla einmal, dass seine Mutter schlechte und gute Tage hatte. Manchmal blieb ihre Türe zu, der Vater kam runter und sagte nur: Kein guter Tag. Dann ging Jan zum Kindergarten und bekam hinterher von Annette das Essen. Manchmal versuchte seine Mutter es trotzdem an schlechten Tagen, dann aß sie nicht, kniff die Augen zusammen und verzog den Mund, bis der Vater sie nach oben führte. Komm, Liebes.

Jans Vater hört nicht auf zu reden. All die Jahre redet er nicht, und jetzt hört er nicht auf.

Ich erzähle euch das aus einem Grund, sagt er. Die Krankheit ist auf einen Gendefekt zurückführbar. Das heißt, sie ist vererbbar.

Milla schaut auf die schneebedeckten Zweige draußen, Eis glitzert in der Sonne und tropft einen Kreis auf den Boden. Ihr ist schlecht.

Kristina spricht. Sie ist gefasst, viel gefasster als Milla. Sie meinen, Jan hatte die Krankheit auch?

Es ist anzunehmen.

Und Emma?

Wenn mein Sohn der Vater ist, besteht eine Chance von fünfzig Prozent.

Chance, denkt Milla, das heißt Glück auf Französisch.

Okay, sagt Kristina und atmet dabei aus.

Jans Vater räuspert sich und setzt wieder an, in seinem ruhigen Ton, der etwas in Milla zum Kochen bringt.

Der Vater meiner Frau ist selbst früh gestorben, ich vermute, er litt auch daran. Weder sie noch ihre Mutter sprachen viel davon, meine Frau sagte nur, dass er lang krank war. Sie hat ihn als Kind nicht viel gesehen. Von ihrer Mutter weiß ich, dass er in einem Heim war, zum Schluss. Meine Frau war vierzehn, als er starb. Am Ende verbat er beiden zu kommen. Er war Direktor einer Bank, ein wichtiger Mann.

Ein wichtiger Mann, denkt Milla, so wie Sie. Jans Vater nennt lauter Fakten, ohne Emotion. Vererbbarkeitsrisiko, Frühsymptome, Krankheitsverlauf. Irgendwann hat ihm das auch mal jemand so gesagt, ein weißer Kittel und ein fester Händedruck. Als ob sie dadurch kontrollieren könnten, was sich nicht kontrollieren lässt: die Krankheit.

Tatsache ist, meine Frau hatte einen Autounfall,

kurz nachdem sie die Diagnose bekam. Wir wissen nicht, ob sie einen Anfall hatte. Sie hätte eigentlich nicht mehr fahren dürfen.

Er macht eine Pause.

Jedenfalls. Man kann testen, ob man die Krankheit hat. Sie ist auf eine Genmutation zurückführbar. Es wäre also ratsam, das Kind zu testen, für den Fall. Ich vermute, meine Frau hat auch Jan testen lassen, damals.

Jan?, fragt Milla. Noch eine Pause.

Er saß mit ihr im Auto, als es passiert ist. Milla durchzuckt etwas Eiskaltes. Oh, macht Kristina da. Oh.

Draußen bewegt sich ein Schatten. Ein Spatz fliegt zu einem Ast und pickt ein paar Körner aus einem Netz, das nicht mehr rund ist. Die Worte von Jans Vater haben ein Gewicht, das durch Mauern knallt und Wände einreißt. Er hat in die Vergangenheit gegriffen und alles umgeworfen. Warum Jan so still war in den ersten Jahren, als sie Kinder waren, warum er auf einmal zurück ins Haus wollte. Alles ist jetzt anders. Als Milla Jan in der ersten Woche in der Schule fragt, woher er den Gipsarm hat, sagt er, er sei vom Fahrrad gefallen.

Milla, Milla, ich muss mal aufs Klo, sagt Emma und zieht an ihrem Finger.

Okay, sagt sie, und reißt sich aus ihren Gedanken, aus der Vergangenheit in die Gegenwart, in der Emma aufs Klo muss.

Dann komm.

Hinten rechts, setzt Jans Vater an, Milla schneidet ihm das Wort ab. Ich weiß.

Sie durchqueren die Halle. Früher hat sie all das hier bewundert. Das Haus war so viel größer, sauberer, fast wie ein Museum. Als sei das Leben hier irgendwie wichtiger oder wertvoller, so wie die Wasserhähne. Es gibt anderes Gemüse. Annette kocht, sie putzt, betreut die Kinder, macht fast alles, seit Jans Mutter nicht mehr da ist, obwohl sie es nicht müsste. Einmal stellt sie einen Strunk auf den Tisch, und Milla kichert. Es sieht aus wie ein Witz, als habe jemand etwas aus dem Boden gerissen und dann auf einen Teller gelegt. Sie beobachtet, wie Jans Vater die Blätter einzeln abzupft und in eine Soße tunkt. Milla macht es ihm nach und nimmt sich ein Blatt. Es schmeckt bitter und süß.

Was ist das, fragt sie zu Hause.

Artischocken, sagt ihr Vater.

Wird man davon satt? Reiche Leute schon, sagt er und lacht leise über seinen eigenen Witz.

Bei Jan sind die Betten so weich wie im Hotel. Wenn Milla morgens hier aufwacht, sind all ihre Muskeln entspannt. Sie schläft so fest. Unten hört sie Annette Tabletts tragen und den Vater mit dem Postboten reden. Alles in Ordnung. Alles hat seinen Rhythmus hier, alles geht seinen Gang. Die anderen machen das. Jemand, der für sie kocht und die Kissen aufschüttelt. Sie legt ihren Kopf nicht nur auf Daunen und Sprungfedern, sondern auf ein Jahrhundert Tradition und

Wohlstand. Irgendwie beruhigt sie das, was für Jan eine Last ist.

Milla, wann können wir nach Hause, sagt Emma, als Milla ihr die Hose runterzieht und sie auf die Brille hebt. Ich find' den Opa komisch.

Der Raum riecht nach Jasmin und süßer Seife, die Handtücher sind glatt, als hätten sie noch keine Hand berührt. Eine große Orchidee blüht auf dem Fenstersims, und dahinter sieht Milla ein Stück Straße, lackierte Zäune und saubere Hecken.

Wir gehen gleich, sagt sie zu Emma.

Milla, warum ist der Opa so komisch?

Der war schon immer so, Emmi, das liegt nicht an dir. Der Opa ist glaub' ich sehr traurig.

Wieso?

Weil er Papa vermisst, und seine Frau.

Aber wir vermissen Papa doch auch, sagt Emma.

Das stimmt.

Und Emma schaut Milla an, große Augen und am Mund noch ein Fussel von ihrem Schal. Milla beugt sich zu dem kleinen Wesen mit den blonden Locken und gibt ihr einen Kuss. Es war ein Fehler, sie mitzunehmen, denkt sie. Sie muss sie schützen.

Sie trocknet Emmas Hände und sieht sich im Spiegel. Sie erschrickt vor ihrem eigenen Gesicht, der Blick so dunkel und starr, die Wangen eingefallen. Sie lässt es nicht zu. Es kann nicht sein, was er da sagt, zu viel, so viel auf einmal. Der Unfall, die Diagnose. Es kann nicht sein. Emma ist gesund.

Kristina wartet auf sie im Flur.

Wir müssen wissen, ob Emma das hat, Milla.

Wir müssen das wissen, sagt sie noch mal, so laut, dass es hallt.

Kristina, sagt Milla leise, wie zur Warnung.

Was hab' ich, was hab' ich?

Nichts, Maus.

Emma lässt die Hände sinken, kurz Frust in ihrem Gesicht, darüber, dass sie nichts tun kann gegen solche Sätze. Dann entdeckt sie den Weihnachtsbaum am Hinterausgang, und ihre Augen füllen sich mit Licht. Jans Vater hat ihn eingepflanzt, vor langer Zeit an Weihnachten, weil die Kinder protestieren, dass die Bäume immer sterben müssen. Jetzt ist er groß, reicht fast bis zu den Fenstern im ersten Stock.

Wie das gehen soll. Milla kann es jetzt schon sehen, wie Emma beim Arzt auf der Behandlungsbank sitzt und die Nähte der grauen Papierbahnen aufreißt, während Milla anfängt zu erklären.

Du, also die testen jetzt, ob du eine Krankheit hast.

Sie hört ihre Fragen, die unmöglichen. Ist die schlimm?

Und was passiert dann mit mir?

Und ihre Antworten, die zerfließen. Nein, also. Erst mal nichts, aber später ... Später da ...

Sie stellt sich Emma vor, später, eine junge Frau in einem Wartezimmer, allein. Beides tut ihr weh.

Milla schaut auf und sagt: Das soll sie selbst entscheiden, wenn sie alt genug ist.

Das heißt Eltern sein. Dinge für jemanden festlegen, der es noch nicht kann. Weil man denkt, dass es so gut ist, nicht, weil man es weiß. Nicht abrücken von dem, was man entschieden hat. Die Welt auslegen. Was ist gut, was böse. Gibt es den Weihnachtsmann oder Frau Holle? Ist Papa weg oder im Himmel? Wer lügt und was ist wahr? All das entscheiden sie. Und Milla versteht jetzt, warum ihre Eltern ihr als Kind etwas von der Wahrheit nehmen. Warum sie sagen, es gäbe den Weihnachtsmann, oder der See sei giftig und sie dürfe nicht ins Wasser dort. Weil sie selbst nicht weiß, wie es anders gehen soll.

Jetzt steht der Vater da, im Türrahmen zum Wohnzimmer, und breitet die Hand aus, Richtung Sofa. Sein Gesicht ist ruhig, immer noch. Setzt euch doch. Milla bleibt stehen.

Ich wusste nicht, ob ich euch das alles überhaupt sagen soll. Ich dachte nicht, dass es einen Unterschied macht, sagt er.

Macht es. Das macht es unbedingt, sagt Milla, und ihr Kiefer zittert dabei vor Wut. Es macht sehr wohl einen Unterschied, ob ich denke, mein bester Freund ist verunglückt oder ob er sich umgebracht hat. Ob mein Kind krank ist oder nicht.

Mein Kind sagt sie zu Emma, dann, wenn es darauf ankommt.

Das lässt sich so nicht sagen, setzt er an. Milla, sagt er, als sie sich umdreht und zur Tür geht. Milla, es ist besser, damit abzuschließen. Macht den Test, wenn ihr wollt. Aber sie sind ... beide nicht mehr da.

Das ist das Einzige, was wir wissen. Ich habe mir zwanzig Jahre lang das Hirn zermartert, ich habe einen Polizisten geschmiert, der mir die Berichte durchgereicht hat, ich war in der Leichenhalle, ich hatte sogar einen Privatdetektiv. Keiner davon hat mir eine Antwort gegeben. Keiner davon hat meine Frau zurückgebracht.

Sie sind mittlerweile kurz vor der Tür, aber Milla wartet nicht auf ihn.

Emma ruft Tschüss, es hallt durch den hohen Flur über die Treppe bis in den ersten Stock, zum Zimmer von Jans Mutter.

Dann ..., sagt Jans Vater. Er steht in der Mitte des Raumes, auf den schwarzweißen Fliesen, in seinem perfekten Anzug und sieht endlich hilflos aus.

Bis dann, sagt Milla und zieht Emma aus der Tür.

*

Milla muss sich konzentrieren zu fahren. Sie sind auf dem Weg zurück. Emma schläft auf dem Rücksitz. Sie gehen mit ihr in einen Park, bevor sie aufbrechen, sitzen auf der Bank, während Emma auf einer gelben Ente schaukelt.

Milla. Ich erinnere mich an ein paar Sachen, sagt Kristina.

Auf der Fahrt zum Haus hat er ein paar Mal gehalten und hat sich die Augen gerieben. Einmal ist er ausgeschert auf der Landstraße und hat uns fast in den Graben gefahren. Ich dachte, er ist müde oder abgelenkt. Aber das mit den Krämpfen, als wir schwimmen waren, oder mit dem Besteck beim Essen.

Das muss doch noch nichts heißen, sagt Milla. Dann fällt ihr ein, wie Jan vor dem Klavier sitzt und die Finger nur auf die Tasten legt. Vielleicht konnte er nicht spielen.

Meinst du, Jans Vater hat was gewusst?, fragt Kristina.

Hanne, sagt Milla. Ich glaub', Hanne hat was gewusst.

*

Hanne sagt, dass es stimmt, als Milla und Kristina am Küchentisch vor ihr sitzen. Es ist Abend. Emma spielt nebenan, und Milla bemüht sich, leise zu sein. Nicht zu schreien, nicht an Hannes Schultern zu rütteln. Sie will brüllen, was weißt du?

Ja, Jan war hier.

Hanne sieht erleichtert aus, als sie es ausspricht. Er kommt zu ihr, ein paar Wochen nachdem er zurück nach Frankfurt zieht. Sein Gesicht, als sie die Tür aufmacht, wie woanders, tief versunken. Im Garten blühen Krokusse, und Hanne macht ihm einen Tee, während er erzählt, mechanisch, langsam. Er war beim Arzt, Konzentrationsschwäche und Schlafprobleme, manches vergisst er. Dann die Bewegungen, die unkontrollierten. Jan denkt, das ist ein schnelles Burnout, manche Kollegen kriegen das und nehmen dann Tabletten. Er ist erst sechs Wochen bei der Firma,

Anfangsüberforderung, sagt ein Kollege, wird schon, und klopft ihm auf die Schulter. Aber der Arzt fragt nach seiner Familie. Irgendwelche Krankheiten in der Familie? Diabetes, Krebs? Sonstiges? Jan soll beschreiben, was seine Mutter hatte, und er kann es nicht. Der Arzt macht Notizen und nickt. Und dann beschreibt er Dinge, die Jan wiedererkennt. Was das war, was das gewesen sein könnte, das seine Mutter verschluckt und irgendwann auch ihn. In der Familie heißt es nur, es war ein Unfall.

Er hatte es vielleicht, sagt Hanne. Er hat den Test nicht gemacht, soweit ich weiß. Aber es hätte noch Jahre, vielleicht Jahrzehnte dauern können, bis es wirklich schlimm wird.

Sie schaut hoch zu den beiden Frauen, die in ihrer engen Küche sitzen, Millas Gesicht bleich und blank vor Schock, Kristina, deren Blick unruhig durch das Zimmer springt.

Warum hast du uns nichts gesagt?, fragt Milla.

Ich hab' es ihm versprochen.

Hanne schaut sie an, mit ihren klaren Augen. Sie hält, was sie verspricht.

Und als er ... als er ertrunken ist, hast du nicht gedacht ...?

Ich hab' sofort daran gedacht, sagt Hanne.

Und hier endet ihr Gespräch. Milla kann es hören, an Hannes Ton. Zum ersten Mal zieht Hanne eine Linie. Über Selbstmord, darüber wird nicht gesprochen, in ihrem Haus. Vielleicht beschützt sie Jan, aber sie beschützt auch ihren Bruder.

Er hat Hanne nichts von der Krankheit erzählt. Und auch Jan nicht, kannst du dir das vorstellen? Sein eigener Vater. Nichts.

Ja, sagt Kristina.

Hanne verschwindet für ein paar Minuten im Bad.

Ich lasse euch ein bisschen, sagt sie dabei und gibt ihnen jeweils einen Kuss.

Dann sagt sie noch zu Milla, als sie sich über ihre Wange beugt: Mi, ich hoffe, du verstehst.

Ja, sagt Milla, ja. Sie drückt ihren Arm.

Milla fühlt sich so allein, so ohne ihn. Sie hat es nicht gewusst. Jan hat nicht mit ihr gesprochen, kein Wort von seinem Besuch beim Arzt, seinen Symptomen oder Ängsten. Er geht zu Hanne, stattdessen. Hätte er es gesagt, eine andere Milla hätte nach dem Namen gesucht, zwei Worte, seine Diagnose. Sie wäre in die Bibliothek gefahren und hätte alles nachgeschlagen. Alles gelesen über Stadien, vom Ende und vom Anfang. Eine Dokumentation geschaut und abgeschaltet, als es zu schlimm wird. Das alles hätte sie getan, hätte sie es gewusst. Es wäre etwas gewesen, auf das sie sich zusammen hätten vorbereiten können, wie aufs Abi, die Fahrprüfung, den Abschluss. Sie hätten versuchen können, es zusammen zu begreifen, auch wenn es unbegreiflich ist. So wie sonst auch. Sein Leben wäre noch ein bisschen ihrs gewesen, nicht nur gelenkt von etwas Unsichtbarem.

Kristina steht vom Tisch auf und sagt: Gib mir mal kurz den Schlüssel.

Kristina, du fährst jetzt nicht!

Das Buch, sagt sie. Das Buch.

Sie geht zum Auto und holt Jans Tagebuch, als gäbe es zwischen den Seiten auch Antworten, aber da ist doch nichts. Nur Weiß.

Ein paar Minuten später schlägt sie die Seite mit der Uhr, der Pflanze und den Zeitschriften auf.

Das war der Tag, bevor wir gefahren sind. Sieht doch aus wie ein Wartezimmer.

Ja, dann war er eben beim Zahnarzt.

Kristina schaut sie an. Milla. Sie will sagen: Kapierst du nicht? Er war noch mal beim Arzt.

Vielleicht hat er den Test gemacht.

Jetzt, zum ersten Mal, hilft es, dass Milla ihn kennt. So gut wie niemand auf der ganzen Welt, das sagt er mal, er selbst. Sie nimmt das Buch auf den Schoß und blättert darin. Die Hochhäuser, das Wartezimmer, Kristina und sie und der Strand.

Vielleicht, denkt sie, passt es zu Jan. So ist er: zart und radikal, sanft und mutig. Immer dann, wenn er an Dinge glaubt. Jan trägt Kontaktlinsen, weil ein hübsches Mädchen sagt, dass er ohne Brille besser aussieht. Er liest die Zeitung, die er von zu Hause kennt, fährt mit in den Urlaub, in den die anderen wollen. Er lebt sein Leben so. Er hat Ideen, so viele, aber er nimmt oft nur die, die ihm jemand vor die Füße wirft. Und dann, immer wieder dazwischen, kommt die Wut.

Jan wollte es so, sagt Kristina.

Vielleicht, sagt Milla.

Wie seine Mutter.

Das wissen wir nicht. Am Ende wissen wir es nicht. Ob seine Mutter absichtlich an die Wand fährt oder ob Jan beim Schwimmen einen Krampf bekommt, vielleicht genau wie sie beim Autofahren. Zwei Zufälle, viele Jahre versetzt.

Und, macht es einen Unterschied?

Ja, sagt Milla.

Ja, wiederholt Kristina.

Weil wir keine Ahnung haben.

Milla lächelt schwach.

So ist es.

Milla stellt sich vor, so oft, was Jan denkt an diesem Morgen. Sie muss es doch wissen. Er trägt seine Gedanken zu ihr, immer, seit er klein ist. Er erzählt, was er über ihre Lehrer denkt und Maja aus der Elf, über die Professoren und den Nahostkonflikt. Dass er das Gefühl von Zuckerwatte auf der Zunge hasst. Was er sich wünscht, zum Geburtstag oder zum Abendessen und so allgemein, im Leben. Er will ans Meer, so fängt es an.

Sie stellt sich vor: sein Rücken, davor der Strand. Es sieht aus wie ein Bild, das irgendwo an einer weißen Wand hängt. Er bewegt sich nicht und schaut aufs Wasser. Kleine Tropfen hängen an ihm, Tau an seinem Bein. Er zieht sein T-Shirt aus und seine Hose. Er kriegt Gänsehaut. Blau fließt an den Strand und hinten schwappt die Boje, fast verschwindet sie am Horizont. Da will er hin. So sieht es aus, das letzte Bild von Jan: sein Rücken, davor der Strand.

Der Vater hat recht. Sie suchen nach Spuren, nach einem Funken Hoffnung oder Wahrheit und finden zu wenig. Sie sind nicht mehr da, Jan und seine Mutter. Das Problem haben die, die zurückbleiben und versuchen, darin einen Sinn zu finden.

*

Vor dem Fenster geht ein Tag zu Ende. Hanne setzt wieder Tee auf und zündet ein paar Kerzen an. Es soll gemütlich sein, aber Milla kommt es vor, als hielten sie noch mal Totenwache. Sie bringt Emma ins Bett, sie ist müde und kriecht schnell unter ihre Decke. Milla kann heute nichts erfinden und liest die Geschichte von der Hexe, die mit dem Raben befreundet ist. Der Rabe wartet auf dem Dach jeden Tag, bis die Hexe kommt, so wie Jan jeden Tag wartet, vor ihrem Haus, um mit ihr zur Schule zu gehen. Weil sie Freunde sind. Milla liest ein paar Zeilen, nur ihre Stimme ist da, im Raum, und Emmas ruhiges Atmen. Es ist, als höre sie sich selbst zu und beruhige sich dabei. Ihre Stimme vibriert in ihrem Kopf, so gleichmäßig. Noch ein Automatismus, den sie kennt, an dem sie sich festhalten kann, an den Tagen, wenn es keinen Boden gibt, wie heute. Emmas Körper sinkt ein bisschen tiefer, sie atmet einmal ein, so sorglos, wie nur ein Kind es kann. Milla streicht ihr über die Haare, eine Locke springt unter ihren Fingern nach oben.

Emmas Lider sind geschlossen, gerade jetzt. Und gerade jetzt ist Milla eine Mutter, die ihr Kind ins Bett bringt. Gerade jetzt sitzt niemand vor der Tür und wartet. Milla denkt an die Zimmer, die vielen, in der Stadt, in denen bald das Licht ausgeht. Gebrochenes Licht von der Nachttischlampe, langgezogene Schatten, Mond und Sterne an der Wand und tiefes Atmen. Kinder, die mit geschlossenen Augen im Bett liegen. Voller Vertrauen auf die Eltern und den Morgen. Deswegen sieht Milla so gerne Gesichter im Schlaf. Im Schlaf sind alle Kinder.

Über alldem schwebt jetzt die Krankheit. Über Emmas tiefem Atmen, wie sie sich dreht und schmatzt und wie sie die Augen schließt. Milla denkt daran, wie wach Emma ist, wenn sie ins Laub springt, sich auf die Zehenspitzen stellt und die Arme nach oben reißt, Blätter rieseln lässt. Als hätte Jans Tod sich multipliziert. Etwas hat große Arme ausgestreckt und sich ausgedehnt, auf Emma. Oder vielleicht nicht. Vielleicht ist auch gar nichts. Und sie ist ein Kind, wie alle.

Alles gut, sagt Milla leise und streicht ihr über den Kopf. Sie hält die Hand an ihre runde, weiche Wange und riecht Honig von dort, wo sie sitzt.

Es klingelt im Flur. Milla zuckt zusammen. Das Telefon. Hannes Stimme, dann ihr sanftes Klopfen an der Zimmertür. Sie schaut nur und hebt den Hörer hoch, zu ihr. Milla reißt sich los von Emmas Gesicht und der Ruhe, die gerade noch den Raum zwischen ihnen füllt.

Ja?

Es tut mir leid, sagt er.

Mir auch, sagt sie.

Gute Nacht.

Jans Vater legt auf. Neun Worte, dann sind sie wieder allein.

All das tun sie für Emma. Emma, die leben soll und gesund sein, eine Familie haben. Milla denkt an den Anfang. Kristina bei der Geburt. Der Schmerz ein Strudel, der sie immer tiefer zieht. Es dauert so lang. Sie ist woanders, keiner kann sie erreichen. Es gibt nur Atmen, Pressen und den Schmerz.

Ich kann das nicht, schreit sie. Macht, dass es aufhört.

Dann ist Emma da.

Sie ist da und sie schreit, schreit und schreit. Emma schreit für sie, sie ist die Wut und die Trauer, all das, was sie nicht sagen. Alles kommt aus ihrem Mund, laut und roh, wie der Schmerz, den sie noch in sich tragen. Die Tage verschwimmen mit den Nächten, Emma wandert von Arm zu Brust, von Brust zu Arm. Bis Kristina geht und nicht mehr kommt.

Es erstaunt Milla, dass ihr Leben danach weitergeht, einfach so. Jeden Morgen steht sie auf und macht genau dort weiter, wo sie aufgehört hat. Weil sie muss. Dabei könnte über Nacht jedes Mal alles auseinanderfallen, so fühlt es sich an. Vier Jahre lang. Es macht ihr Angst, wenn sie die Zahl sagt, so lange in derselben Trance. Waschen, Stiefel an, raus aus der Jacke, es gibt Milchreis.

Nein, Emma, lass das. Bitte, zieh die Jacke an, es ist kalt draußen. Musst du noch mal? Wo sind die Handschuhe? Ich hab' einen Apfel. Später. Jetzt nicht. Noch ein Stück Brezel? Nicht kratzen. Es war einmal ein kleiner Pinguin. Nicht? Okay. Es war einmal ein alter Bauer.

Ihr Kopf ist voll von Emmas Grundbedürfnissen, so dass sie die eigenen vergessen hat. Es gibt nur: Essen, Schlafen, Windeln, Baden.

Bei Kristina heißt das: Pillen, Wasser, Schlafen, Essen, Pillen, Wasser, Schlafen, Essen. Sie vergessen beide, vieles.

Aber vieles vergisst sie nicht. Wenn Milla abends im Bett liegt und die Stumpfheit des Tages sich legt, denkt sie an Jan. Nur kurz, bis der Schmerz ihre Kehle heraufschießt. Dann macht sie das Licht aus.

Emma ist das, was sie zusammenhält. Für Emma muss sie da sein, nicht nur weil Kristina weg ist. Auch weil sie Jan sieht, in ihren kleinen Schritten, der Art, wie sie den Kopf schief legt, und den Augen, die dieselbe Farbe haben, nur heller. Jemand legt dir ein Kind auf die Schwelle, von deinem Bruder, deinem besten Freund, dem Mann, den du liebst. Was machst du?

Gewissheit, das ist es, was sie wollen. Jemand, der ihnen sagt, wie es war. Das hat er gedacht, das hat er gemacht. Es war ein Unfall. Es war deine Schuld. Jemand, der aufräumt und die Dinge geraderückt, damit sie wissen, womit genau sie leben sollen: mit Trauer, mit Erleichterung, mit Schuld. Aber Jans Vater fügt nur Teile hinzu, zu dem Chaos, das der Tod bringt.

Jan könnte hier sitzen, lang über dem Tisch, und sagen: Was für ein Schwachsinn. Er könnte hier sitzen, Schatten von der Lampe auf den Wangen, den Blick gesenkt und sagen: Ja, genau so war es, das hab' ich gemacht. Richtig, Kristina hat recht, ich wollte nicht versickern, sondern gehen.

Und Jans Mutter könnte dort sitzen, jung und schön neben ihrem Sohn, der so viel größer ist jetzt, und sagen, was fällt euch ein, was denkt ihr, was ich für eine Mutter bin, die ihr Kind gegen eine Wand fährt. Sie könnte hier sitzen, die Hände auf dem Tisch gefaltet und sagen, ja genau, so war es.

Draußen fällt neuer Schnee. Weiße Flocken, fast leichter als die Luft, tanzen in Wirbeln. Milla, Hanne und Kristina sitzen drinnen, vor den Fenstern leuchtet tiefes Blau. Alles verschwindet. Das, was gestern war und heute, was bleibt, ist Hannes Stimme und das Pochen in Millas Schläfen.

09.06.13

Es ist Sonntag, und sie haben den Tag aus den Angeln gehoben. Kristina wacht auf und hört Schritte, schwerer als Millas, auf der Treppe. Sie kann seine Hände nicht hören in der Küche, wartet auf den Geruch von Kaffee. Das Licht ist noch grau, die Vorhänge nur halb zugezogen. Von irgendwo weht kühler Wind auf ihren Hals. Sie dreht sich, da ist Milla, warm und ruhig. Kristina rückt näher an sie, bis sie die Stelle findet, an der ihre Körper genau zusammenpassen. Kristina legt ihren Kopf an Millas Hals und atmet ihre Haut. Milla schmatzt im Schlaf, ihre Augen sind geschlossen. Kristina sinkt tiefer in die Wärme. Irgendwo, weit weg knallt eine Tür. Aber da beginnt Kristina gerade zu schweben.

*

Als sie das nächste Mal aufwacht, sitzt Milla aufrecht im Bett. Kristina dreht sich zu ihr, sie ist noch nackt, noch schutzlos, Milla trägt eins von Jans alten

T-Shirts, das mit der Bananenschale. Shit Happens steht darauf, Kristina muss lachen.

Hey, sagt sie und streckt sich dabei, das H klingt, als spräche sie mit vollem Mund.

Hey, sagt Milla kurz, und erst sieht Kristina sie nicht, weil sie die Augen noch vom Gähnen zusammenkneift. Millas Gesicht ist ernst. Ihre Haare stehen in alle Richtungen ab, und sie hat ein paar Flecken am Hals. Ihr Körper erzählt von der Nacht.

Kristina richtet sich auf und schaut sie an, sie rückt nah an Millas Gesicht, die den Blick auf ihre Hände senkt.

Milla?, fragt Kristina, und als sie nicht antwortet, alles okay?

Milla setzt ein paar Mal an zum Sprechen, hält inne, dann sagt sie: Gestern ...

Ja?

Wir hätten das nicht machen dürfen.

Sagt wer?

Ich.

Kristina rückt an sie und streicht ihr übers Gesicht. Sie gibt ihr einen Kuss.

Hey, sagt sie noch mal.

Milla schließt die Augen.

Kristina umarmt sie und flüstert jetzt, ihr Atem feucht an ihrem Hals.

Millas Muskeln sind hart, ihr Körper nicht mehr weich, sondern verschlossen.

Nichts daran war falsch. Es war wunderschön, okay?

Aber Jan, setzt sie an.

Jan? Glaubst du, der wollte das nicht?

Milla fährt sich mit den Händen über die Augen und massiert ihre Schläfen.

Ich hab' so Angst, dass wir nie wieder ... dass jetzt alles. Kaputt ist.

Kristina lässt sie los und schaut sie an.

Ich glaub' eher, dass es jetzt so ist, wie es schon lange sein sollte.

Kaffee läuft aus der Maschine und wird zu einem kleinen Feuerwerk, Funken, die über die Platte springen. Oben wäscht sich Milla die Nacht von der Haut, mit demselben Duschgel von gestern Abend, als sei seitdem nichts passiert. Aber alles ist passiert, und sie dreht sich nicht weg, als Kristina sie küsst. Die Grenze ist überschritten und da, wo sie jetzt sind, ist alles neu, alles anders. Sie sind in einer Welt eingeschlafen und in einer neuen aufgewacht. Millas Haut ist glatt unter dem Wasser, sie taucht unter den heißen Strahl, und als sie ein paar Minuten später tropfend und heiß im Nebel steht, ist es, als sei eine andere Milla unter dem Schaum hervorgekommen. Sie trocknet ihre Haut, so zart und rot und roh wie bei einem Neugeborenen.

Als sie jetzt mit der Hand über den Spiegel fährt, schauen ihr Augen entgegen, die sie nicht erkennt. Sie muss an Jan denken, der ihr einmal sagt, dass man jeden Tag anders ist. Sie ruft ihn an, kurz nachdem er aus Berlin weggezogen ist, und erzählt ihm, dass sie sich in der Wohnung fremd fühlt. Sie sieht ihre Bücher, die Klamotten auf dem Boden, die Zeitung auf den Dielen, und merkt, dass sie sich umschaut, als gehöre nichts davon zu ihr. Sie wartet auf etwas von ihm, ein: du fehlst mir, oder ein: ich mich auch, hier. Stattdessen erzählt er:

Fünfzig Millionen Zellen sterben jeden Tag ab, Milla, und weniger werden neu gebildet. Jeden Tag verschwindest du ein bisschen mehr, und jeden Tag ist ein Stück von dir neu. Wir sind nie die Gleichen.

Sie muss lachen damals. Sie weiß nicht, woher das Gefühl kommt. Aber immer, wenn sie Jans Stimme hört oder in sein Gesicht blickt, ein Gesicht, das sie kennt, als darin noch eine Zahnspange glänzte, zieht sich das Gefühl langsam nach innen zurück. Nur ist er nicht da, diesmal.

Milla hat Jans Stimme im Kopf und geht dabei aus dem warmen Bad zurück in ihr Schlafzimmer. Sie sucht ein paar Klamotten in ihrer Tasche. Nichts von gestern will sie tragen, nichts davon mehr an sich haben. Als sei nichts passiert. Ihre Bewegungen sind hektisch. Als ticke etwas in ihr, die ganze Zeit.

Wo ist Jan, sagt Milla endlich, als sie unten in der Küche steht, halbangezogen und mit nassen Haaren. Es ist der Satz, den sie die ganze Zeit schon unterdrückt. Kristina gießt gerade den Kaffee in die falschen Tassen, dünne Teetassen, nicht die dicken Kaffeetassen aus blau bemaltem Ton, deren warme Schwere Milla am Morgen in ihren Händen liebt.

Brötchen holen, sagt Kristina, auch wenn es hier keine Brötchen gibt, nur Baguette oder Croissants. Sie ignoriert den schrillen Ton in Millas Stimme. Milla schaut an den Haken, der Beutel hängt noch da und seine Jacke auch. Seine Schuhe stehen ausgelatscht im Flur. Milla kann die runde Delle sehen, an der sein großer Zeh fast den Stoff durchbrochen hat. Sie geht durch die Zimmer, öffnet die Kellertür. Kristina folgt ihr mit den Tassen, noch verschlafen. Sie trägt ein Hemd, das offen ist. Wenn sie läuft, kann man die dunklen Haare zwischen ihren Beinen sehen.

Hey, sagt Kristina schon wieder, der kommt gleich.

Er hat seine Schuhe dagelassen, sagt Milla steif.

Vielleicht ist er ohne losgefahren ... oder er ist noch im Haus.

Aber Milla reagiert nicht, sie läuft von Zimmer zu Zimmer und ruft immer wieder seinen Namen. Jan, Jan!

Dann zu Kristina: Ich hab' dir gesagt, dass das ein Fehler war, das war zu viel, mit Jan, du kennst ihn nicht, wenn er, wenn jemand ...

Kristina nimmt einen großen Schluck aus ihrer Tasse und lässt Milla reden. Sie stehen mittlerweile im Flur im ersten Stock, aus ihrem Zimmer riecht es noch nach ihnen, keiner hat ein Fenster weit aufgemacht.

Kristina hält ihr die Tasse hin und sagt: Hier. Werd mal wach.

Milla schreit: Ich bin wach! Sie schaut wie fixiert

auf die Treppe zum Dachboden. Dann steigt sie hoch und öffnet die Luke. Er ist nicht da, auch nicht hier.

Wo willst du hin?

Milla stürmt aus dem Haus, so wie sie ist, und fährt mit dem Rad durchs Feld zum Strand.

Als Kristina dasteht und Milla davonfahren sieht, mit nackten Füßen auf den Pedalen, spürt sie plötzlich die Angst, die sich wie eine Welle auf ihren Magen legt. Sie geht nach drinnen und ruft auf Jans Handy an. Es ist aus. Kristina sucht nach ihrer Hose und kann sie nicht finden, also zieht sie einen Rock an und verlässt das Haus. Da erst fällt ihr auf, dass sie rennt.

*

Blauer Himmel. Eine Wolkenschicht schiebt sich davor wie ein Segel. Weiße Flecken leuchten in ihr, als sie von links nach rechts zieht. Ein schwarzer Vogel verschwindet darin, taucht wie eine Fruchtfliege in Watte und taucht wieder auf.

Das Meer liegt da, wie jeden Tag, jeden Tag anders. Der Sturm ist vorbei, der Himmel wieder klar und der Wind fährt Milla weich um die Haut. Das Wasser ist ruhig und glatt, fast perfektes Mittelblau. Ihr Blick schwankt sofort nach links, dort, wo der Baum ist. Ihre Augen suchen nach Jans Silhouette im Gras, aber sie finden sie nicht. Der Strand ist leer, es ist fast Mittag und sie schwitzt unter dem Shirt, von der Sonne, von der Fahrt und ihrem schnellen Herzschlag. Er könnte überall sein. Aber Jan ist noch nie ohne Schuhe wohin gegangen, will sie sagen und sich an eine Brust lehnen, noch nie, will sie sagen, so dass die Worte im Stoff verschwinden. Dann würde er sagen: Mach dir keine Sorgen, Maus. Es ist ihr Vater. Aber ihr Vater ist nicht hier, sie ist allein. Kristina bremst scharf neben ihr, sie sagt nichts, sondern schnauft nur. Er ist nicht da, sagt Milla. Kristina läuft runter zum Strand. Die Bojen schaukeln langsam am Horizont.

Hier ist er nicht. Milla, lass uns nach Hause gehen, wenn, dann treffen wir ihn da. Milla, echt ...

Aber Milla lässt nicht ab. Sie läuft den Strand entlang, Kristina neben ihr. Sie suchen ihn hinter den Dünen. Am Baum finden sie Jans Tagebuch. Milla beugt sich ins Gras und hebt das schwarze Buch hoch. Ihre Augen sehen aus, als ziehe ein Schatten darüber.

*

Als es klingelt, ist es Abend und die Vögel sind schon leise. Sie klingeln drei Mal, dann treten sie ein, ein Polizist und eine Polizistin in dunkler Uniform.

Bonsoir, sagen sie, eine jüngere Frau mit dunkelblonden Haaren und breiten Schultern und ein kleinerer älterer Mann, der aussieht wie ein Schauspieler, Robert De Niro, denkt Milla. Dann öffnet er den Mund, heraus kommt Französisch, das immer noch schön klingt, auch jetzt. Wo sie in Ruhe sprechen können, fragt er. Milla führt sie ins Wohnzimmer, zeigt auf die zwei Sessel vor dem Sofa.

Dann geht sie in die Küche und setzt die Teekanne auf, löffelt ein paar grüne Blätter ins Sieb, ein paar davon landen daneben.

Wollen Sie Tee?, ruft Milla zu laut ins Wohnzimmer.

Sie läuft durch die Küche, auf dem Tisch liegt noch der Zettel. Darauf Nummern, die sie vorhin hastig aufgeschrieben haben, Namen von Polizeistationen, Kliniken und Notärzten, die vor ein paar Stunden noch wichtig waren und jetzt nichts mehr bedeuten. Sie sind bestimmt durstig. Gästen bietet man immer etwas an, hört sie Nonnas Stimme sagen.

Millas Hände zittern. Tassen. Sie brauchen Tassen. Welche Tassen wollen sie? Vielleicht die schweren, Millas Lieblingstassen, nur haben sie davon nur drei. Das ist nicht genug. Sie nimmt die mit den Ranken, von denen sind noch vier da. Was ist mit Untertellern? Kocht das Wasser schon? Hinter Milla steht auf einmal Kristina, nimmt ihr die Tassen ab und die Kanne vom Herd. Es zischt und dampft daraus. Milla hat vergessen, Wasser einzufüllen.

Komm, sagt Kristina. Ich glaub', die wollen keinen Tee.

Sie setzen sich aufs Sofa. Die Polizisten wollen wissen, ob die beiden Frauen genug Französisch verstehen.

Milla nickt, Kristina sagt: *Non.*

Es dauert dreißig Minuten, bis sie ihnen in langsamem Englisch erklären, was mit Jan passiert ist, aber Milla kommt es später vor, als seien es Sekunden gewesen. Sie hört nichts mehr, ab dem Moment, wo sie sagen: *Monsieur Schäfer, very unfortunately, he passed away.* Sie betonen das R am Ende, und in Millas Kopf singt es, Jan Schäfer, Langschläfer, Jan Schäfer, Langschläfer.

Kristina beißt die Zähne so fest aufeinander, dass ihr der Geruch von Blut in die Nase schießt. Sie beißt auf die Zunge und die Lippen. Milla sieht es, ihr Blut auf der Unterlippe, steht auf und holt ein Taschentuch. Sie läuft wie auf Schienen durch den Raum, in dem gerade noch Jan war. Die Tassen neben der Spüle. Alles dreht sich. Sie reden noch mit ihnen, ein paar Minuten danach, mit ruhiger Stimme, gleichmäßiges Brummen, nichts, was sie aufregen soll.

Er wurde gefunden, heute Mittag. Ein Unfall. Kristina hält sich das Tuch an den Mund und schluckt. Ob sie sicher keinen Kaffee wollen, oder Tee, fragt Milla noch mal. Die Polizisten sagen höflich danke. Sie sagen, dass sie seinen Ausweis brauchen. Milla steht auf und öffnet ziellos Schränke im Haus, auch die im Bad, bis sie in seiner Tasche den Perso mit dem Foto findet, auf dem er aussieht, als hätte er drei Nächte nicht geschlafen. Sie sind gerade erst nach Berlin gezogen, als er es macht. Milla ist dabei. Er sitzt in einer der alten Kabinen, und sie kneift ihm durch den Vorhang in die Seite, damit er lacht. Milla sieht Jans angespannten Mund auf dem Bild. Sie erkennt, wie er das Lachen unterdrückt. Milla geht zurück nach unten und legt den Ausweis auf den Tisch. Die Beamtin hebt ihn hoch, betrachtet Jans Gesicht und sein Geburtsdatum. Im November. Er hätte gefeiert, und Milla wäre gekommen.

How exactly did it happen?, fragt Kristina, und ihre Frage schneidet durch den Raum.

Die Beamten schauen sich an, die Frau nickt und sagt: *Monsieur Schäfer, he is ... noyé.*

Was?, sagt Kristina zu Milla. Der Beamtin fehlt das Wort. Sie schaut ihren Kollegen an: *noyé?* Er weiß es nicht, aber Milla kennt die Übersetzung.

Ertrunken, sagt Milla.

Ertrunken. Jan ist ertrunken. Etwas bricht aus ihr, nachdem sie das Wort sagt, kein Schrei, kein Heulen, ein Laut wie von einem gequälten Tier. Ihr Gesicht verzieht sich, und sie versucht zu sehen, blinzelt die Tränen weg. Nicht jetzt. Nicht jetzt. Reiß dich zusammen. Weinen kannst du später. Aber es ist schon zu spät.

Der Polizist setzt sich zu ihnen, neben Milla auf das weiche Sofa und legt ihr eine Hand auf die Schulter. Er spricht von den starken Strömungen im Meer, Flut und Ebbe, der Natur, die viele unterschätzen, von schlechten und von guten Schwimmern. Er spricht von den Schritten, die jetzt nötig sind. Er legt eine Visitenkarte auf den Tisch. Unter dieser Nummer können sie ihn erreichen. Morgen sollen sie anrufen, für den Termin. Jemand muss ihn identifizieren.

D'accord, na klar, *no problem*, sagt Milla.

Ob sie seine Eltern erreichen kann? Seinen Vater, korrigiert Milla.

Yes, no problem, d'accord. Milla wischt sich die Tränen weg und holt den Block und den Stift aus der Küche, schreibt unter die Nummern und Adressen, die sie vorhin notieren: Identifizieren, Herrn Schäfer anrufen, Bürgeramt, Anzeige. Vorhin denken sie noch, Jan ist vielleicht da, im Krankenhaus, irgendwo, am Leben.

Während die zwei Menschen in Uniform vor ihnen sitzen, geht Milla im Kopf alles durch, die einzelnen Linien, die zu diesem Punkt führen, an dem sie jetzt sind. Der Sturm und seine Hand auf ihr, seine Zunge in ihrem Mund, wie sie ihm davor noch schwimmen beibringen, so, dass er sich gerade über Wasser halten kann. Wie im Nachhinein alles Sinn ergibt, alles zueinanderpasst, als habe jemand eine Symphonie komponiert. Bei allem sagt sie sich: Hätte sie das anders gemacht oder das, wäre sie früher aufgestanden, hätte sie Kristinas Hand nicht genommen oder die Lippen geschlossen, als sie sich küssen, hätte sie nichts gesagt, wären sie früher heimgekommen, wären sie nicht schwimmen gegangen, nein, sie muss früher anfangen, wäre sie gar nicht erst ins Haus gekommen. Sie sucht nach dem Punkt, an dem alles begann, und kann ihn nicht finden. Milla lehnt sich zurück und atmet scharf aus.

Einen Moment lang sitzen sie so da, sie vier, und keiner sagt etwas. Dann stehen die Beamten auf.

Die Frauen bringen sie zur Tür, sagen *Merci*, danke, danke für alles.

Was? Was, sagt Kristina immer wieder, kraftlos, als sie die Türe schließen. Sie sitzen noch lange auf dem Sofa, sie sitzen einfach da und lassen die Sonne draußen untergehen. In ihrer Brust zieht ein neues Gefühl ein, schwer wie ein Stein, das sie nicht mehr verlässt: die Schuld.

Sommer

Sie stehen auf, wenn Emma wach wird. Sie hüpft auf den Betten und ruft, aufwachen. Kristina knurrt, bis Emma sie kitzelt. Sie sind zurück im Haus, seit ein paar Wochen. Milla macht Frühstück, langsam und mit mehr Zeit, während Kristina mit Emma malt oder mit dem Löffel auf einem Becher trommelt.

Wir sind ein Konzert, ruft Emma und lacht. Ihr Lachen sprudelt. Alles sprudelt aus ihr, bedingungslos, die Trauer und die Wut, das Lachen und das Weinen. Doch alles liegt so eng zusammen, fast übereinander, dass sie manchmal noch Tränen in den Augen hat und ihr Mund schon wieder lacht. Kristina liebt das an Emma, weil es ihr ähnlich ist. Emma fremdelt kaum mit der Frau, die ihre Mutter ist. Kristina ist anders, aufrechter, wärmer, als Milla sie kennt. Sie weicht weniger aus. Doch manchmal geht sie weg. Ich muss kurz mal raus, sagt sie, nimmt ihre Jacke und schließt die Tür. Dann geht Kristina eine Weile oder sitzt irgendwo, schaut auf nichts. Jedes Mal hat Milla Angst, dass sie nicht mehr wiederkommt. Doch die Angst, die als Panik anfängt, wird sanfter mit der Zeit, und sie schiebt sie zurück, weit nach hinten wie eine Box mit alten Fotos in den Schrank. Ein verblasstes Gefühl, das sie noch spürt, erst Stunden, dann Minuten, dann nur noch Sekunden lang. Und Kristina kommt zurück, jedes Mal. Die Familie ist das, was größer ist.

Sie müssen die Tage aufbauen wie eine Mauer. Stein für Stein, einen auf den anderen. Sie können nur ein paar Wochen bleiben, dann muss Milla zurück, zu den Chefs, zu Melzer und Buckmann und zu ihrem Schreibtisch. Zu den Gerüchten auf dem Flur: warum sie einfach aufsteht und geht, wo sie war und warum. Wo das Manuskript ist, das sie versprochen hat. Milla arbeitet von hier an den Manuskripten, der Verlag ist einverstanden, sie verhandeln, weniger Geld und dafür mehr Zeit für sie. Chef unterstützt die Idee, denn er weiß, dass es anders nicht weitergeht. Milla denkt daran, zurückzukehren, mit dem Fahrstuhl nach oben zu fahren und auf die Dächer zu schauen. In der Konferenz zu sitzen und ihren Kollegen ins Gesicht zu sehen. Sie weiß, dass sie es könnte. Etwas ist anders, leichter, seit sie hier sind. Sie haben etwas, das Gerade, das ›Wo sind deine Schuhe, puste mal, fest, ich bring' den Müll raus, halt, nicht so schnell‹. Es ist das, was ist, die Klarheit von jetzt, die sie der unsteten Wolke entgegensetzen. Dem, was keine Form hat und auch keinen Namen, außer: die Zukunft.

Manchmal kommt Kristina zurück und hat frischen

Mais dabei oder einen Strauß von der Wiese. Eier oder ein paar Beeren.

Wo ist das her?, fragt Emma, und Kristina sagt in einer Ganovenstimme:

Hab' ich geklaut.

Emma lacht. Da steht Kristina, brauner, schwerer und so viel lebendiger als vor ein paar Monaten. Milla sieht in ihren Augen, dass sie wieder hier ist, bei ihnen, vollkommen, solange sie es kann. Sie holt Luft wie ein Fisch, dazwischen, in den Pausen. Sie wissen, dass sie zurückkehren müssen, bald.

Kristina malt mit Emma auf dem Dachboden, im Garten. An den Wänden hängen neue Bilder, und das Gras hat bunte Flecken, Nonnas Lippenstifte sind jetzt in einer Kiste, und in den Regalen stehen Millas Bücher. Sie wundert sich, dass es nicht schwerer ist. Aber irgendwie macht es alles leichter. Dass sie zurückkehren, wo es aufhört, und nicht mehr versuchen, woanders die weißen Flecken auszumalen. Milla schreibt. Am Abend, wenn Emma im Bett ist, nimmt sie sich Zeit. Es ist noch nichts, nichts Großes. Aber sie schreibt.

*

Wind. Milla schließt die Augen. Ihre Haare kitzeln auf den Lippen, Wind fährt um sie, als wolle er sie umarmen. Milla, Emma und Kristina stehen am Hügel und graben die Füße tief in den Sand. Der Wind nimmt alles mit. Das, was sie sagen und rufen, sogar das, was sie denken. Nur noch Rauschen, laut in ihren Ohren, Luft, die an ihnen zieht. An den Händen, an den Armen. Die ihnen in den Rücken stößt. Sie stehen zusammen und bleiben.

Es ist nicht schlimm, dass sie hier sind und nicht da, wo sie stattdessen sein sollten. Die normale Welt hat einen Begriff dafür: Urlaub. Urlaub, der sie mehr mit Leben füllt als das eigentliche Leben. Sie stauben die Regale ab und tragen einen Tisch nach draußen, Stühle auf Gras und Millas Gesicht in der Sonne. Neue Sommersprossen und Hitze auf der Haut, die brennt. Milla bepflanzt den Garten und endlich, eine Hyazinthe unterm Arm, steht sie vor den Bäumen hinter der Küche und spürt, wie das Haus mit ihnen aus seiner Starre erwacht. Der Spiegel im Flur fängt ihre Schatten, braun, leichte Stoffe, Seide weht im Wind mit ihren Schritten. Kristinas Lippen werden rot, dann blutrot, sie platzen auf und schälen sich. Sie trägt eine weiße Schicht darauf für ein paar Tage, und Emma quiekt jedes Mal, wenn sie ins Zimmer kommt.

Oh du kleiner Geist, ruft Kristina und jagt sie durch den Flur, bis sie aufs Sofa fällt und einen Kuss bekommt. Weiß, zwei Striche, die Form von Kristinas Lippen auf der Stirn.

Manchmal ist ihre Stimme anders, weiter weg. Dann ist sie wieder nah, im nächsten Moment, ihre Augen sind klar und wach, und Milla fragt sich, wie es gehen soll. Kristina kann sie selbst hören, die Kälte, aber es ändert nichts. Sie will es. Sie will schreien und mit Türen knallen, oder sie will sich auf dem Bett zusammenrollen, Emma im Arm. Was sie hat, bekommt einen Namen, so nennen die Ärzte alles, von dem sie nicht wissen, was es eigentlich ist: Borderline. Ihr neuer Arzt verschreibt ihr Tabletten, die machen sie müde und aufgedunsen, und irgendwann, sagt sie, wird es besser. Sie ist lieber nicht sie selbst, sagt sie, sie selbst ist jemand, der ein Kind zurückgelassen hat. Dann lieber so.

Du, sagt Milla zu ihr, bist auch jemand, der zurückgekommen ist.

Im Bad hört Milla morgens die Pillen im Plastik. Alles ist so dünn bei mir, sagt Kristina, die Oberfläche. Ein Kratzer, und alles ist offen. Doch Milla kann sehen, wie die Haut sich darüber schneller schließt. Ein langer Weg noch, sagt Kristinas Therapeut zu ihnen. Aber sie lassen einander, so wie sie sind. Sie lassen es, so wie es ist. Nicht perfekt, aber zusammen.

Milla sieht sie vom Fenster aus im Garten. Kristina wischt Emma den Mund ab, noch Rot von den Erdbeeren daran. Sie haben den Test nicht gemacht. Entschieden, dass sie warten, bis Emma selbst entscheiden kann. Milla sieht Kristinas starke Arme, die Emma hochheben. Ihre kompakten Schultern, auf denen sie sitzt. Ihre Gesichter übereinander. Mutter und Tochter, Tochter und Mutter.

Hier beginnt es von vorn.

Milla weiß, der Abschied kommt bald, irgendwann.

Schnell, immer schneller als gedacht. Und wie immer wird dann alles warm und hell werden, noch viel schöner als davor. Doch noch sind sie da, Kristina steht neben dem Holztisch, auf den Brettern noch ein angebissener Apfel, Eierschalen, Butterreste.

Alles ist hier. Nichts geht zu Ende. Wir verlagern nur den Ort, sagt Kristina und lehnt sich an den Tisch.

Alles wartet auf sie, bis zum nächsten Mal. Millas Jeansjacke hängt an der Wand neben dem Küchenhandtuch. Die Einkaufstasche wartet am Eingang auf den nächsten Gang zum Markt, auf Sommerblumen und kalten Käse, auf Äpfel mit Dellen und Johannisbeergelee. Sie werden alles dortlassen bis zum nächsten Sommer. Und hier wird es so sein, als kämen sie gleich zurück und als hätten sie noch viele Tage. So viele Tage hier. Sie könnte die Finger in die Luft halten und einfach wieder anfangen, von vorne zu zählen.

Der Ort erzählt eine Geschichte von ihnen, die sonst keiner lesen kann. Die Dielenecke, an der Kristina sich stößt, dann auf einem Bein durch den Flur hüpft und sie drei nicht aufhören können zu lachen, der Vorhang, hinter dem Milla ihr Gesicht versteckt, warmen Staub einatmet, während sie zuguckt, wie die beiden anderen im Garten Erdbeeren pflücken. Bald werden sie den Strom abdrehen und die Betten abziehen. Kleider aus dem Schrank nehmen und die Zahnbürsten einpacken. Bald werden sie woanders sein, zurück. Sie werden ein bisschen Sand in den Schuhen mitnehmen, einen roten Schimmer auf der Nase, ein paar helle Strähnen in den Haaren. In ein paar Wochen wird Milla am Schreibtisch sitzen, neue Sommersprossen im Gesicht. Kristina wird im Atelier in einem fleckigen Hemd über Holzbrettern knien und sich den Mückenstich durch die dünne Baumwollhose kratzen. Emma wird ihren Schlafanzug ausziehen, einen weißen Abdruck auf der Brust. Woran sie sich erinnern, das bleichen sie ein bisschen, hängen es raus zum Trocknen. Und so wie die Sommersprossen sich im Winter verstecken, so wie der Stich nicht viel und bald gar nichts zurücklässt, so wie das Licht aus Emmas Haaren verschwindet, so werden sie sich erinnern. Sie vergessen den Stich und die Sommersprossen und die Haarsträhnen und was wer wann zu wem gesagt hat, aber an etwas erinnern sie sich. An Kristinas zufriedenen Blick im Zimmer, die warme Küche, ihre Beine ineinander, Emmas rudernde Arme im Wasser. Das hofft Milla. Etwas wird bleiben. Ein Gefühl: Glück.

*

Sie gehen zum Strand. Es ist dieselbe Bucht, sie sind dieselben, eigentlich, aber nicht wirklich. Alles ist gleich, alles ist anders. Wolken. Wolken, Wolken. Wolken und dazwischen Blau. Die Sonne lässt das Wasser blitzen, klar und fast türkis, der Strand glänzt, es weht ein leichter Wind. Das Meer ist glatt. Ruhig genug für Emma. Sie trägt orangene Schwimmflügel und einen grünen Sonnenhut mit gelben Blumen. Milla und Kristina stehen bis zur Brust in den Wellen. Sie lassen Emma von einem Arm zum anderen durchs Wasser gleiten wie einen kleinen Ball. Emma rudert mit den Beinen und den Armen, bewegt sich, vorn und hinten, gleichzeitig, und streckt die Arme aus. Sie rauscht durchs Wasser zwischen ihnen, und auf einmal ist es nicht mehr schwer. Sie sieht Millas Gesicht, dann Kristinas und weiß, dass sie sicher ist.

Willst du was probieren?, fragt Milla. Ich zeig' dir was.

Milla macht es vor. Kristina hält sie, als Milla sich nach hinten kippen lässt, ganz flach, und auf dem Wasser treibt, wie ein Stück Holz oder ein Boot. Emma lacht und schlägt mit den Händen auf die Wellen, dass es spritzt. Noch mal, jetzt ich. Sie lässt sich auf den Rücken drehen, fallen. Hände halten sie von unten und Emma schwebt. Sie sieht die Wolken und die Sonne, puderblauen Himmel, in ihren Ohren pocht ihr Herzschlag, laut, dazu Wasser, das gluckert. Emmas Körper treibt auf den Wellen. Unter ihr ist nichts, außer Meer.

Danke:

Genau genommen danke ich: allen, die gerade diese Zeilen lesen, dem Urknall, dem Glück, meinen Eltern und meiner Familie, Frau Feuerstein, Leanders Leseladen und Cornelia Funke, jedem, den ich jemals irgendwo getroffen habe und allem, was passiert ist. Wer schreibt, wird seltsam und es hilft, dabei Menschen um sich zu haben, die es gekonnt ignorieren – und einem im Idealfall noch einen Tee hinstellen. Danke dafür, M. und B.

Besonderer Dank gilt auch:

Meiner Lektorin Aylin Salzmann, ohne die es dieses Buch heute nicht gäbe.

Brit, Christian und Achim für fachlichen Rat zu jeder Tageszeit.

Hannah, Harriet und Max für ihre Betreuung bis zur letzten Zeile und darüber hinaus.

Tobi, dem ersten Testleser.

Ein Roman geht durch viele Hände, aber die ersten sind die wichtigsten. Ich bin sehr froh, dass es Eure waren.

Besuchen Sie uns im Internet
www. ullstein-buchverlage.de

MIX
Papier aus verantwortungsvollen Quellen
FSC® C014496

Ullstein fünf ist ein Verlag der Ullstein Buchverlage GmbH, Berlin
www.ullstein-fuenf.de

ISBN 978-3-96101-007-3

Umschlaggestaltung: Favoritbuero, München
Titelabbildung: © Robin Macmillan / Trevillion Images
Foto der Autorin auf Seite 1 und in der Innenklappe:
© Melanie Hauke
Gesetzt aus der Kepler
Satz: L42 AG, Berlin
Druck und Bindung: GGP Media GmbH, Pößneck
Printed in Germany